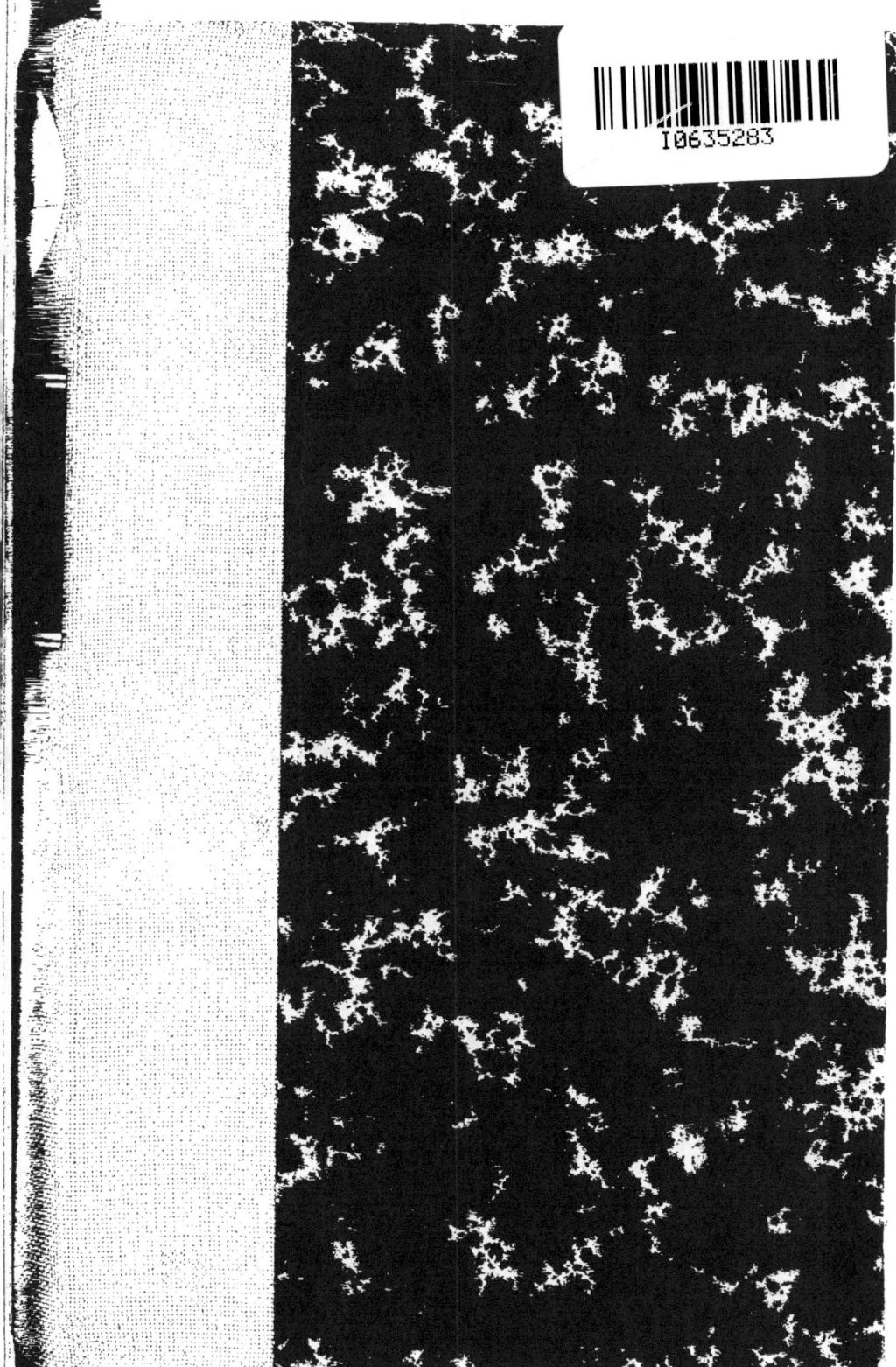

BARON DE NERVO

LA DUCHESSE

DE

PUERTO-REAL

SOUVENIRS D'UN OCTOGÉNAIRE

Quæque ipse vidi
Ce que j'ai vu.

PARIS

CALMANN LÉVY, ÉDITEUR

ANCIENNE MAISON MICHEL LÉVY FRÈRES

RUE AUBER, 3, ET BOULEVARD DES ITALIENS, 15

A LA LIBRAIRIE NOUVELLE

—

1884

LA DUCHESSE

DE

PUERTO-REAL

OUVRAGES

DE M. LE BARON DE NERVO

BARON DE NERVO

LA DUCHESSE

DE

PUERTO-REAL

SOUVENIRS D'UN OCTOGÉNAIRE

Quæque ipse vidi
Ce que j'ai vu.

PARIS

CALMANN LÉVY, ÉDITEUR

ANCIENNE MAISON MICHEL LÉVY FRÈRES

RUE AUBER, 3, ET BOULEVARD DES ITALIENS, 15

A LA LIBRAIRIE NOUVELLE

—

1884

PRÉAMBULE.

Comment aujourd'hui, plus qu'octogénaire, suis-je amené à retrouver dans mes
vieux souvenirs le terrible drame dont je
suis resté, hélas! le seul survivant; c'est
toute une histoire, l'histoire la plus douloureuse, la plus tragique, la plus coupable qui ait peut-être jamais existé.

a

Comment ai-je pu saisir, sur les lieux mêmes, toutes les phases de ce drame, en connaître tous les acteurs, et suivre, pour ainsi dire, pas à pas jusqu'à la dernière heure de chacun d'eux? Il a fallu pour cela remonter presque au commencement de ce siècle, dire quelque chose de mes premières années, — celles que jamais on n'oublie, — et expliquer enfin comment et pourquoi, après la campagne que fit la France en 1823, pour délivrer le roi Ferdinand VII, prisonnier à Cadix, je fus appelé à prendre place dans la compagnie des gardes du corps français qui entrèrent au service de S. M. C.

Ce préambule expliquera alors de lui-même comment, dès 1824, reçu dans la haute société de tout Madrid, j'y fis la connaissance *du duc et de la duchesse de Puerto-Real,* et comment, lié d'intimité avec eux, je puis raconter aujourd'hui tout ce que j'ai su et vu de cet horrible drame.

Je dois ajouter que les noms de *Puerto-Real* ne sont point les noms véritables des acteurs du drame; j'eusse craint, malgré les longues années qui se sont écoulées depuis 1828, de rencontrer et d'affliger quelques descendants innocents de cette famille désolée, et c'est par respect pour eux que j'ai gardé le secret de leurs noms véritables.

Sous ce voile discret, le drame n'en reste pas moins vivant de toute l'horreur de sa vérité.

Ce sont encore les trois victimes elles-mêmes qui vont parler par ma plume et par ma voix.

Un illustre Romain a dit :

« *Scribitur ad narrandum.* »
« On écrit pour raconter »

c'est ce que je fais :

Je raconte.

LA DUCHESSE

DE

PUERTO - REAL

———

SOUVENIRS D'UN OCTOGÉNAIRE

PREMIÈRE PARTIE

I

Lorsqu'on est vieux comme moi, — plus qu'octogénaire, — ce que l'on se rappelle le mieux, ce n'est point le présent.

Le présent, par la précipitation de toutes choses, par la confusion de tous les événements, par la mobilité des

1

impressions, nous échappe presque instantanément, sans laisser trop de traces; c'est un songe, un rêve, un spectacle qui passe et se renouvelle sous les couleurs les plus diverses, les plus contraires, les plus journalières; la mémoire s'y perd.

Ce que la mémoire conserve le mieux, c'est tout ce qui advient dans ce premier âge où tout naît, tout est nouveau, inconnu, — alors que tout est une curiosité, une découverte, — alors que les impressions sont plus jeunes, plus vives, — alors enfin que sonne l'heure fugitive et charmante de la première enfance.

Ces premières impressions ne s'oublient jamais. — La première chanson que chante la mère, son petit enfant sur ses genoux; on la chante toute sa vie. La pre-

mière histoire du *Chat botté*, du *Petit Pou-
cet*, ou de *la Belle au bois dormant*, racon-
tée par la mère au coin du feu; on ne
l'oublie jamais. — De tous ces bons souvenirs de notre enfance, il semble que
nous conservons jusqu'aux moindres traits;
comme s'ils nous étaient reflétés par un
clair et fidèle miroir !

Il y a mieux : lorsque le premier souvenir de cette enfance se rattache à
quelque chose, à quelque événement, à
quelqu'un surtout de grand dans la mémoire des hommes; alors il reste éternel-
lement gravé dans notre cœur.

C'est par ce grand souvenir que je
veux commencer.

C'était le 4 mai 1810 (cette date ne sortira jamais de ma mémoire), j'avais alors sept ans, il était six heures du matin et, par un temps adorable, j'allais comme tous les écoliers de mon âge, à ma demi-pension, le petit panier sous le bras, lorsque, sur le boulevard des Italiens, je vis venir, au milieu de la chaussée, deux cavaliers au pas de leurs chevaux.

L'un, l'officier, avait un chapeau à trois cornes sans galons, avec une toute petite cocarde; sur son uniforme vert il portait une légère redingote grise.

L'autre cavalier, celui qui le suivait à quelques pas, était un simple dragon.

Lorsque le premier arriva près de moi, il tourna la tête à gauche, et d'une voix douce, il me dit en me fixant :

« *Où vas-tu si matin, petit bon-*
homme ?

« Je vais à ma pension » lui répon-
dis-je.

« *J'espère bien,* répliqua-t-il, *que tu es*
un des premiers ! » puis, piquant son cheval de l'éperon, il partit au trot, avec son
soldat.

Qui était-ce ?... Je n'en savais absolu-
ment rien. Des ouvriers passaient alors sur
le boulevard, allant à leur travail ; je leur
demandai qui était cet officier ? « Mais,
petit, me répondirent-ils, tu ne le connais
pas ; c'est L'EMPEREUR ! »

L'Empereur ! c'était l'Empereur qui
m'avait parlé ! — Alors, heureux, troublé,
fier d'un tel bonheur, je courus à ma
pension ; je racontai aux camarades ce qui

1.

venait de m'arriver, on se le répéta, et
pendant quinze jours on me montrait du
doigt; à tous et à toutes, et on disait :
« *C'est à lui que l'Empereur a parlé.* »

II

C'est qu'à cette époque l'empereur Napoléon était quelqu'un.

Après les merveilleuses résurrections du Consulat, après Mondovi, Lodi, Arcole, Rivoli, après les Pyramides, après le 18 Brumaire, après Marengo et la paix d'Amiens, le premier consul était devenu empereur; et quel empereur!

De 1804 à 1810, il avait promené partout son drapeau — sur ce drapeau étaient écrits en lettres victorieuses les noms d'Austerlitz, Auerstædt, Iéna, Friedland, Essling, Eckmühl, Wagram, et l'empereur François II était forcé d'accepter la paix de Vienne.

Alors la grandeur de Napoléon était à son apogée. Le territoire de la France était doublé, deux de ses frères étaient sur des trônes, son fils adoptif était roi. Les rois de Saxe et de Wurtemberg étaient ses feudataires. Il était médiateur de la Suisse, protecteur de la Confédération du Rhin; en un mot, il était le maître de l'Europe.

Toutefois, il lui manquait de fonder une dynastie directe par ses propres descendants; et comme sa femme, Joséphine de Beauharnais, ne lui avait point donné d'enfants, il venait (il y avait à peine un mois) d'épouser la jeune archiduchesse d'Autriche Marie-Louise. Ainsi allié à l'une des plus anciennes maisons de l'Europe, Napoléon avait pris parmi elles sa grande place.

C'était ce même homme qui, à six heures du matin, le 4 mai 1810, avait rencontré le petit écolier qui écrit encore ces lignes, tout ému d'un si grand bonheur! Il lui avait ordonné d'être le premier de sa classe, il le fut; et jamais, au courant de sa vie, il ne l'oublia.

Alors, nous étions loin de nous douter que quatre ans après, en 1814, ce même grand empereur et tout l'édifice qu'il avait si glorieusement élevé dût tomber avec un si effroyable fracas.

Cela était cependant vrai.

Après la Russie, Moscou et la Bérésina; après Leipsick, après l'Espagne, l'étoile avait pâli, les mauvais jours étaient arrivés.

Alors, j'étais devenu un grand garçon, et quelle ne fut point ma surprise, lorsqu'un jour mon père me dit que l'ennemi était autour de Paris !

La veille, on avait vu défiler sur nos boulevards deux ou trois mille prisonniers russes et prussiens, sur le dos de l'un desquels mon père reconnaissait un lambeau de tapisserie, volée à son château d'Étampes, en Champagne; tapisserie unique au monde : des perroquets

jaunes au milieu d'une forêt verte! — Cette
tapisserie avait été dérobée par un des
soldats du corps du général York.

Peu de jours après, le 30 mars 1814,
on me mena promener sur le boulevard ;
la foule y était énorme ; on entendait très
distinctement le canon de la barrière de
Clichy ; — des soldats blessés, des pièces
d'artillerie au galop traversaient Paris ; et
le soir, une petite affiche à la main, collée
au coin de la rue Grange-Batelière, atti-
rait la foule. — Mon père me monta sur
ses épaules et me la fit lire à haute voix :
elle disait : « *Napoléon Bonaparte et sa
famille sont déchus du trône !* » Un Gouvernement provisoire, à la tête duquel se
trouvait M. de Talleyrand, était institué.

Le lendemain jeudi 31 mai, les armées

coalisées faisaient leur entrée à Paris. — On m'avait mené chez un horloger, vis-à-vis ce qu'on appelait alors les bains Chinois, en face la rue du Helder.

Toute la ligne des boulevards, toutes les fenêtres, tous les toits regorgeaient de curieux.

A deux heures, le défilé avait commencé.

A la tête de cinquante mille russes, s'avançaient les souverains suivis de leurs généraux et d'un brillant état-major.

On y reconnaissait l'empereur Alexandre de Russie avec ses trois frères, les grands-ducs Constantin, Michel et Nicolas ; le roi de Prusse avec le Prince, son fils ; le prince Schwartzenberg, à la gauche de l'empereur Alexandre; puis tous les généraux en chef, Blücker, York, Sacken, Platow, Wittgenstein, Bagration, qui avaient marqué dans cette grande invasion de la France.

Toutes ces troupes étaient en grande tenue, comme si elles sortaient de leur caserne; toutes portaient au casque et au shako une branche verte en signe de victoire.

A la vue de ce spectacle si nouveau et unique au monde, — à la vue de tous ces soldats venus de si loin, — à la vue de tous ces uniformes si étranges et si variés, — à la vue de tous ces drapeaux noircis, troués, déchirés par notre feu; chacun sentait en soi comme une rage et une tristesse profondes; chacun (même les enfants de mon

2

âge) se sentait blessé dans son honneur, blessé dans notre chère et héroïque armée ! — Jamais ce souvenir ne s'est effacé ; — à plus de soixante ans de distance, il me reste encore vivant. Je le raconte mal, mais il m'est demeuré, aujourd'hui même, tout aussi neuf, aussi singulier, aussi triste que ce triste jour du jeudi 31 mars 1814 !

III

Quelques jours après cette entrée des armées coalisées, qu'on appelait alors *les alliés*, on annonça que le Roi allait arriver.

Pour tous les hommes nés vers 1780, c'est-à-dire âgés de trente-cinq ans (la partie vive de la nation) ; la royauté était chose à peu près inconnue. — Ils savaient

bien que la grande Révolution avait ren-
versé la vieille maison de Bourbon, mais
depuis leur enfance, ils avaient passé par
tant de régimes divers : — la Convention,
le Directoire, le Consulat à terme, le Consulat à vie, et enfin l'Empire; que la restauration, le retour d'un prince de cette
même maison de Bourbon était pour tous
quelque chose qu'on comprenait mal. Il
en était bien autrement encore pour un
enfant de mon âge, qui de son histoire ne
connaissait guère que ce qu'il avait vu de
ses yeux, les beaux uniformes, les belles
revues, les généraux et les maréchaux à
grands panaches; que ce qu'il avait entendu crier dans toutes les rues; — toutes
nos victoires.

Quel ne fut donc pas mon petit étonnement, lorsque mon père me mena rue de l'Échelle chez un sieur Marinel, son chapelier, pour voir l'entrée du nouveau roi, qui cette fois s'appelait Louis XVIII.

Pour nous tous, combien cette entrée différait de celles que nous étions habitués à voir! Lorsque l'empereur Napoléon rentrait de quelque campagne, — ses victoires écrites sur son front, — il était à cheval, simple, sans escorte; tous les enfants, tous les écoliers dans les jambes de son cheval; et lui, disant à tous : « Bonjour, bonjour, mes enfants ». — Il était vêtu de l'uniforme vert des chasseurs de sa garde, le cordon rouge de la Légion d'honneur sous l'habit; par-dessus, la fameuse redingote grise; et coiffé du petit chapeau légendaire.

2.

Louis XVIII rentrait tout autrement. Il était en calèche, poudré, il avait la queue. — Il était vêtu d'un habit bourgeois bleu de roi, avec des épaulettes de général, et, goutteux qu'il était, il portait de longues guêtres en velours rouge qui lui enveloppaient les jambes. Sur son habit, le cordon bleu de l'ordre du Saint-Esprit; sur la tête, un vaste chapeau à plumes blanches, avec la cocarde blanche.

Autour de sa calèche, à cheval, le comte d'Artois et le duc de Berry, en uniformes inconnus, — aux côtés du roi, dans sa calèche, Mme la duchesse d'Angoulême, pâle et presque évanouie, lorsque arrivée rue de l'Échelle, elle revit les portes de ce palais des Tuileries où s'étaient passées sous ses yeux de si tristes choses.

Pour moi, qui ne saisissais pas encore pourquoi les souverains descendent de leur trône, ce spectacle était presque incompréhensible, et comme les signes extérieurs sont ceux qui frappent le plus les enfants, ce que je ne comprenais pas, c'était le changement de la cocarde. — Auparavant, elle était à trois couleurs : elle était remplacée par la couleur blanche. — On me dit que le blanc était la couleur de la maison de Bourbon et je compris.

Tout cet appareil royal était si nouveau, si étrange, si différent de ce qu'on avait vu jusqu'alors, qu'il n'inspirait qu'une muette et morne curiosité. Ce qui frappait le plus, dans cette mêlée de tous les souvenirs et de tous les sentiments, c'était cette pauvre et chère garde impériale qui,

la tête basse et les larmes au cœur, suivait au pas cette calèche, — sans cocarde
à son bonnet à poil ; — cette cocarde
qu'elle avait si glorieusement promenée
dans toutes les capitales.

Toutefois, — revirement des choses hu-
maines ! — ce qu'on appelait la Restauration ne devait pas durer bien longtemps,
et cette cocarde et ce drapeau blancs
devaient bientôt avoir, à leur tour, de
tristes jours.

En effet, l'année suivante 1815, un
soir à six heures, le 20 mars, le bruit se
répandit tout à coup que tout était encore
changé. — Le roi Louis XVIII avait
quitté les Tuileries et la France ; et l'empereur Napoléon était revenu ; il était arrivé
en calèche, précédé par le général Exel-

mans et suivi de quelques cavaliers.

On avait su, depuis plusieurs jours, qu'à peine installé à l'île d'Elbe il avait quitté cette sorte de prison, débarqué à Fréjus, et soulevé toutes les populations sur son passage.

Dès que le bruit de son arrivée s'était répandu, tous les enfants, les écoliers avaient couru aux Tuileries, et là, dans le jardin, au nombre de plus de dix mille, c'est par des cris répétés de *Vive l'Empereur !* qu'ils avaient revu, au balcon de la salle des maréchaux, leur cher Empereur qui les saluait du geste et du sourire.

J'y avais couru comme les autres, et là, je reconnus parfaitement CELUI qui, quelques années auparavant, en 1810, m'avait parlé sur le boulevard des Italiens et sou-

haité et ordonné d'être le premier de ma
classe ; je l'avais été.

Ce n'était point fini. Trois mois après,
tout était encore à refaire : — la bataille
et la défaite de Waterloo avaient pour
jamais englouti la fortune du grand Empereur et l'île de Sainte-Hélène avait été le
dernier mot de ce lamentable drame.

Voilà ce que j'avais été destiné à voir
de si près du grand Empereur. Le souvenir
m'en est resté immortel, comme lui !

Si j'avais été plus grand, j'aurais de-
mandé pourquoi la France changeait si
souvent d'empereur et de roi ; je me réser-
vai pour plus tard ; les circonstances ne
devaient pas me manquer. Dans ma longue
vie, je devais en voir bien d'autres !

IV

Cependant, à travers tant et de si grands événements, l'éducation du collège continuait.

En ces temps, l'éducation de la jeunesse était en tous points différente de celle d'aujourd'hui.

Alors, on était mis au collège de bonne heure, et de même qu'on avait été envoyé en nourrice bien loin des père et mère, dans quelque hameau ou village de Normandie, le pays des bonnes nourrices ; de même, à six ou sept ans, on était envoyé au collège, loin de Paris, à Juilly, à Pontlevoy, à Sorrèze ou ailleurs. — La distance n'y faisait rien. On restait là enfermé les dix ou onze mois d'études, puis un petit mois de vacances avec les parents suffisait.

Alors, rien du luxe, de l'aisance, du laisser-aller des mœurs d'aujourd'hui. Là, on avait 30 sous par mois pour ses très menus plaisirs, — un sou par jour, — et à ses vêtements des pièces partout, aux coudes, aux genoux et ailleurs, souvent des pièces d'une autre couleur. — Là, on recevait des férules dans les mains, quel-

quefois plus, — et cependant, la jeunesse
n'en était ni plus morose, ni plus humi-
liée, ni plus privée, ni plus envieuse d'un
meilleur sort ; tous étaient élevés de même
et l'égalité la plus gaie régnait entre
tous.

Les classes étaient fortes, l'instruction
raisonnée, détaillée, l'esprit toujours
exercé, nourri, rempli, et l'on peut dire
qu'en sortant du collège vers 16 à 17 ans,
philosophie comprise ; on était mieux que
quelque chose, on était déjà presque quelqu'un.

Le complément de cette éducation était
toujours le droit. Tout le monde faisait son
droit dans quelque faculté, à Paris ou ailleurs.

Là, la vie de l'étudiant était encore

tout autre que celle d'aujourd'hui ; — on travaillait, on passait de bons examens, et, au bout de trois ans, on était un licencié en droit, instruit, sage, retenu et capable.

Le droit était en quelque sorte le brevet d'entrée à toutes les carrières. La vie était en même temps une sorte d'école préparatoire au monde dans lequel on était destiné à vivre. — En ces temps, les cercles, les clubs et les mille lieux ouverts aujourd'hui à la jeunesse étaient des inconnus ; — on lisait les livres dans les bibliothèques, les journaux dans des cabinets de lecture. Les cafés n'étaient point de mode, on allait les soirs dans le monde. C'est là que l'esprit et souvent le cœur se façonnaient aux mœurs, aux usages et aux délicatesses de la bonne compagnie.

De l'argent, on n'en avait grande cure,
— alors tout était de moindre prix : un
banquier qui avait 40 mille livres de rente
était montré au doigt comme un nabab,
et la toute jeune génération avec 3 ou
4 mille livres de rente était heureuse et
riante ; — c'est ainsi qu'a été élevée toute
ma génération.

Mon père, à qui il fallait obéir, avait
décidé que je ferais mon droit à Toulouse,
la première des Facultés de province.
C'est en effet dans cette vieille ville que je
dus prendre mes grades — c'est là aussi
que je commençai ma carrière d'homme
du monde ; et nulle ville ne présentait une
société plus aristocratique, puisqu'on y
rencontrait des noms tels que les Villèle,

les Montbel, les d'Hargicourt, les Belcas-
tel, les du Pac, les Clermont-Tonnerre, et
tant d'autres, chez lesquels l'esprit et la
distinction jouaient le premier rôle.

Tout cet avant-propos, un peu étranger
au drame de la duchesse de Puerto-Real,
que j'ai à raconter, m'y amène cependant
tout naturellement, comme on va le voir.

V

En 1823, je terminais mon droit à Toulouse, lorsqu'un événement considérable vint tout à coup donner à cette ville d'habitudes si paisibles un mouvement inaccoutumé.

Le roi d'Espagne Ferdinand VII, aux mains de l'insurrection, avait été emmené à Séville avec toute sa famille, et de Séville on l'avait enfermé à Cadix, où il était prisonnier.

Le roi de France Louis XVIII, Bourbon comme le roi d'Espagne, avait cru de son devoir dynastique d'aller le délivrer, et une expédition de 100,000 hommes avait été destinée à cette délivrance.

Cette armée française était commandée par S. A. R. M⁣ᵍʳ le duc d'Angoulême. C'était la première campagne entreprise depuis la Restauration par le drapeau blanc; il importait, à plus d'un point de vue, que cette campagne fût prompte et glorieuse, l'honneur du drapeau blanc l'exigeait, comme la cause qu'il défendait.

J'étais donc à Toulouse, lorsque, vers le milieu de mars 1823, j'y vis arriver le duc d'Angoulême et son état-major, pour faire, quelques jours après, leur entrée en Espagne par Irun, après avoir passé la Bidassoa.

L'arrivée du prince français avait été précédée par celle de ce qu'on appelait alors *la Régence d'Urgel*; cette régence était composée de l'archevêque de Tarragone, du baron d'Eroles et du marquis de Mataflorida.

Ce dernier, président de la Régence, était déjà à Toulouse depuis quelque temps. Il était un homme de sens, très habile dans les moyens, très insinuant, et le plus propre des trois à obtenir du duc d'Angoulême ce qu'il sollicitait, c'est-à-dire un appui spécial, en hommes et en argent, pour le parti absolutiste qu'il représentait avec la Régence.

Le marquis fut moins heureux qu'il ne l'espérait dans ses entrevues avec le duc d'Angoulème.

Le prince allait rétablir sur son trône par la voie des armes le roi captif, il entendait faire seul cette besogne, sans entrer en quoi que ce fût dans les discussions intestines qui dévoraient l'Espagne. Ce n'était point un parti que la France allait secourir, c'était la royauté. La Régence ne reçut donc point à Toulouse l'accueil qu'elle avait espéré.

Il en fut de même de deux chefs de partisans très fameux et très puissants, qui étaient venus à Toulouse réclamer du prince la même aide.

Ces deux chefs fameux étaient le comte d'Espagne et le trappiste Antonio Marañon.

Le comte d'Espagne était Français, de la Provence ; — il s'appelait d'Espagnac et pour la circonstance, il avait adroitement assimilé son nom au pays qu'il servait de son épée.

C'était un soldat : jamais fatigué, toujours prêt, ne dormant que peu ou mal, ne mangeant qu'à la gamelle, partageant le pain de ses soldats et buvant à l'outre commune le vin qu'il rencontrait. — Un grand sabre recourbé, de longues moustaches, l'œil vif et sûr, le corps de fer, la parole brève et enjouée de l'homme du Midi ; tel était le comte d'Espagne. — Il avait sous ses ordres, près de Perpignan, une petite armée, aguerrie, sobre, dévouée et prête à tout.

Le baron d'Éroles, qui faisait également

partie de la Régence, était un homme plus posé, plus clairvoyant ; il traitait la partie politique de cette petite régence avec distinction, sagesse et une grande portée. Le duc d'Angoulême n'eut qu'à gagner à s'aboucher avec lui.

Le trappiste, Fray Antonio Marañon, était tout autre. C'était le plus fougueux et le plus audacieux des défenseurs de la foi. Déjà, en 1822, à la tête d'une petite armée, il avait pris, le crucifix à la main, plusieurs places aux constitutionnels. — La forteresse de *la Seü-d'Urgel* était tombée sous ses coups, puis celle *d'Olot,* puis nombre d'autres. — A bout de ressources pécuniaires, il venait demander des subsides au duc d'Angoulême.

Le duc, tout aussi parcimonieux pour

le trappiste que pour la Régence, ne put
rien accorder. Cette armée, dite *de la
Foi,* resta donc dans le dénuement le plus
complet.

C'est d'elle que ses ennemis et les plai-
sants du jour disaient « que l'armée de
la Foi, avait perdu *l'Espérance* et demandait *la Charité* » ; méchant mot qui
n'ôtait rien à sa valeur ni à la sainteté
des trois vertus théologales.

Néanmoins, tous ces agissements, tous
ces grands rassemblements d'hommes,
toutes ces troupes défilant sous un nouveau drapeau et allant délivrer un roi captif ; tout cela avait éveillé à bon droit, en
France, en Espagne et en Europe, un vif
sentiment de curiosité. Comment ce roi
captif allait-il être délivré, s'il l'était ?

c'était la question que tous se posaient. Il
le fut cependant, et c'est ici le cas cependant de dire sommairement ce qui avait
motivé cette captivité du roi Ferdinand
et l'expédition française destinée à le délivrer.

VI

Le 5 janvier 1820, les troupes espagnoles, réunies à l'île de Léon pour une
expédition en Amérique, se révoltaient.

Les deux chefs de ce mouvement insur-
rectionnel étaient *Riego* et *Quiroga*.

Le premier, Riego, commandant un
bataillon cantonné à *las Cabezas*, avait
marché sur *Arcos de la Frontera*, et sur-

4

pris le quartier général de l'état-major de l'armée d'expédition.

Le second, Quiroga, qui était en surveillance au couvent de *Santo-Domingo d'alcala de los Gazules*, s'était évadé de sa prison, et, à la tête des bataillons España et Coroña, il s'était emparé de l'île de Léon, de l'arsenal et de Cadix.

Là, Quiroga avait proclamé la constitution de 1812 et s'était déclaré investi du commandement en chef des insurgés.

Sa proclamation du 5 janvier au quartier général de San-Fernando en fait foi.

L'insurrection gagna promptement. La Corogne, le Ferrol, la Galice, la Catalogne se soulevèrent; la révolution était commencée.

Le roi, hésitant et ne sachant à quoi se décider, tout traîna en longueur durant plus de deux ans (1820 à 1823). Enfin, le duc d'Angoulême ayant quitté Paris le 15 mars pour aller se mettre à la tête de son armée, les cortès avaient décidé que le roi Ferdinand VII devait être emmené à Séville.

Le 20 mars, le roi, accompagné de la reine et de tous les infants, quittait en effet Madrid, et arrivait à Séville, puis plus tard à Cadix, au milieu de la consternation générale.

La campagne fut de courte durée. Une fois la Bidassoa passée, le 7 avril, la résistance des constitutionnels jusqu'à Madrid fut de peu d'importance. Les généraux Mina, Zayas et Bessières seuls tinrent quelque peu et sans succès.

Le 24 mai, le duc d'Angoulême entrait à Madrid. Une Régence proposée par les conseils de Castille y siégeait. Elle était ainsi composée :

Le duc de l'INFANTADO, président.

Le duc de MONTENAR, président du Conseil des Indes.

L'évêque d'OSMA.

Don Antonio CALDERON.

Le baron d'ÉROLES.

Cette Régence était chargée d'administrer le royaume pendant la captivité du roi.

La campagne ouverte dans toute l'Espagne eut des chances diverses. La résistance fut plus accentuée en certaines parties du royaume, et l'armée française eut successivement et simultanément affaire avec les généraux Milans, Lloberas, Zayas, l'Empecinado, Ballesteros (qui se rallia depuis), Lopès-Baños, Campillo, Palarea, Riego, Quiroga et Mina. Néanmoins, partout ces généraux se virent repoussés.

Pendant ces opérations assez difficiles, le corps d'armée du général Bordesoulle était cependant arrivé à Port-Sainte-Marie et avait immédiatement formé le blocus de Cadix, où le roi était enfermé.

Le duc d'Angoulême l'y avait suivi et avait établi son quartier général à Port-Sainte-Marie.

Le siège commença.

Les constitutionnels, connaissant l'im-

4.

portance de la forteresse du Trocadéro, avaient coupé la jetée de la presqu'île de Léon sur une longueur de 35 toises, en avaient ainsi fait une île, et y avaient établi une batterie de 50 canons, défendue par 1,700 hommes des plus exaltés et des plus exercés.

Ce fut donc contre cette forteresse du *Trocadéro* que tous les travaux des assiégeants furent dirigés. Bientôt après, les colonnes d'attaque arrivèrent aux retranchements et les enlevèrent, non sans pertes, aux cris de : Vive le roi !

Les forts *San-Luis* et *Puntalès* eurent à leur tour le même sort, et, dès le matin du 31 août, presque tout l'isthme était au pouvoir des Français.

De leur côté, et simultanément, les ami-

raux des Rotours et Duperré avaient bom-
bardé les forts de Santi-Pietri et de Cadix.

La délivrance du roi devait suivre, et
le 1er octobre, à 11 heures du matin, le
roi Ferdinand et sa famille, accompagnés
du général Alava, qui avait présidé à ces
arrangements, s'embarquait sur une cha-
loupe portant le pavillon royal et abor-
dait à Port-Sainte-Marie.

Ferdinand y trouvait le duc d'Angoulême, se jetait dans ses bras, et regagnait
sa bonne ville de Madrid, où il arrivait à
travers tous les arcs de triomphe, escorté par
les joies et les larmes de tout son peuple.

Telle avait été cette première et mémo-
rable campagne, dont j'avais entrevu les
premiers actes au passage du duc d'Angoulême à Toulouse.

J'avais depuis terminé mon droit, et le
1ᵉʳ octobre, jour même de la délivrance
du roi d'Espagne, j'étais parti pour rentrer à Paris, — loin, bien loin de soupçonner que l'année suivante, en 1824, je
serais en Espagne, *garde du corps* de ce
même roi remonté sur son trône, et à
cheval à la portière de la voiture royale;
— c'est cependant ce qui m'arriva.

Voici comment :

VII

Rentré dans ma famille à Paris, mon père, dès la première heure, me demanda à quelle carrière je me destinais. — A vingt ans, un jeune homme à peine sorti des bancs de l'école n'a guère d'idées fixes, de préférence, ni de vocation.

Mon père se chargea de me fixer.

Cela peut paraître étrange aujourd'hui,

mais, en ce temps, les pères n'étaient point comme les pères d'aujourd'hui — alors, les pères avaient la direction suprême de leurs enfants, de leurs garçons surtout.

Mon père qui avait toujours été militaire (il était alors contre-amiral en retraite), mon père, dis-je, ne voyait pour son fils que la carrière des armes. J'avais passé l'âge d'entrer en France dans une école militaire ; il décida donc, séance tenante, que je prendrais du service à l'étranger, et il me donna à choisir entre *la Russie et l'Espagne*. — J'avais huit jours pour me décider, c'était l'ultimatum de l'amiral, bien plutôt que celui du père.

A cet ultimatum, et en présence d'une semblable volonté, nulle résistance n'était possible. — Mon père était une de ces énergies auxquelles on ne résiste pas.

Un trait de son caractère le peindra tout entier.

M. de Nervo, mon père, officier de la marine royale, avait fait, dans l'escadre de M. de Grasse, la guerre de l'indépendance de l'Amérique avec le général la Fayette.

Après cette grande et glorieuse expédition, revenu en congé dans sa famille, M. de Nervo était à Lyon, lorsqu'éclata le premier cri de soulèvement contre les tyrannies de la Convention.

A l'exemple des villes de Toulon, Clermont, Bordeaux ; Lyon se souleva tout entier.

On chercha alors dans la ville quelque

ancien officier supérieur pour organiser la défense — on le trouva — M. de Précy fut nommé commandant en chef. — Il choisit pour son major-général, M. de Nervo.

On s'organisa. — On trouva dans l'arsenal de la ville dix mille fusils — cela ne suffisait pas. — M. de Nervo fut chargé d'aller à Saint-Étienne s'emparer des fusils qui s'y trouvaient — il partit et en rapporta quinze mille.

Avec ces vingt-cinq mille fusils, on eut immédiatement une armée. Un ingénieur habile entoura Lyon de bonnes fortifications, un étranger y fondit de redoutables pièces de rempart.

La ville ainsi prête à la défense, la Convention commença le siège. — Il était dirigé par le général Kellermann et le commissaire Dubois-Crancé.

Les assiégeants avaient en ligne vingt-cinq mille hommes, les assiégés autant ; la lutte devait être et fut affreuse. La bravoure des uns, la ténacité des autres se balancèrent longtemps ; il y eut beaucoup de morts de part et d'autre, plus encore de blessés. — Soixante-deux jours s'écoulèrent ainsi.

Le soixante-troisième jour, un jambon était apporté, couronné de fleurs, au quartier général, c'était le seul qui restât — plus de farine, de pain, de légumes, de viande ; force fut de se rendre.

La ville, en effet, fut rendue. — Dubois-Crancé et Couthon y entrèrent. On la débaptisa, et lui donna le nom de *Com-*

5

mune affranchie, puis sur la porte de l'hôtel de ville on grava ces mots : — *Lyon fit la guerre à la Liberté, Lyon n'est plus.*

Les massacres commencèrent. Beaucoup périrent sous le couteau de la guillotine, et on décréta que les chefs, MM. de Précy et de Nervo, seraient passés par les armes si on les trouvait.

Une récompense de 10 mille francs était en outre promise à qui les livrerait.

M. de Précy, plus heureux, put fuir dès le premier jour; M. de Nervo l'ayant essayé vainement, fut réduit à se cacher. — Il trouva une retraite assurée chez un épicier dont la maison était sur le quai de la Saône, vis-à-vis de la cathédrale. — Il y resta trente jours, debout dans une armoire obscure; lorsqu'un soir, son brave

patron vint le prévenir que de mauvaises
gens rôdaient dans la rue et qu'il allait
être découvert. Que faire ? S'il était découvert il était perdu. La fuite fut donc
décidée.

Le patron connaissait deux garçons
bouchers sur lesquels on pouvait, disait-
il, compter; ils s'offraient à conduire le
fugitif au premier village de la frontière
suisse, moyennant argent. — M. de Nervo
avait conservé sur lui une ceinture dans
laquelle il avait, en or, la somme de douze
cents francs, somme énorme en ce temps
des assignats. — Il fut donc convenu
qu'une fois rendu dans le premier village
suisse de la frontière par les deux guides,
M. de Nervo leur remettrait la somme.

Le jour du départ fut décidé.

Dans cette circonstance, M. de Nervo risquait tout. — Si ses guides étaient infidèles, ils s'emparaient d'abord des douze cents francs de la ceinture, puis en le livrant ils touchaient les dix mille francs promis par le comité. — Il y avait donc de grandes et suprêmes précautions à prendre.

M. de Nervo les prit. Il coupa ses moustaches, revêtit une longe blouse de charretier, boucla sa ceinture, mit dans les poches de sa veste deux bons pistolets chargés (que son fils a religieusement conservés), et, précédé de ses deux guides, il se mit en route.

On ne marchait que la nuit; le jour, on se reposait dans quelque cabane ou sous bois ; les guides portaient les vivres.

Tout alla bien pendant les quatre premiers jours ; — le cinquième jour, c'est-à-dire la cinquième nuit, il faisait une lune splendide, et les deux guides marchaient devant, dans une étroite vallée, lorsque M. de Nervo s'aperçut qu'ils se parlaient entre eux plus vivement que de coutume ; et ils arrivaient au détour d'un petit sentier, lorsque tout à coup, se retournant et marchant face à face à M. de Nervo, l'un d'eux, le verbe haut, lui dit : « *Général, vous êtes en Suisse, payez-nous !* »

M. de Nervo comprit, en une seconde, qu'il était trahi. Saisissant alors dans sa poche un de ses pistolets, il l'arma et visant au front le premier de ces coquins, il l'étendit mort à ses pieds.

Puis, saisissant son second pistolet et

5.

ajustant l'autre coquin : « Marche en avant,
lui dit-il, tu auras la part de ton cama-
rade. »

A ce second pistolet point de réponse
possible ; le second guide marcha. Le
soir suivant, on touchait à la frontière
suisse, et M. de Nervo comptait à cet autre misérable la somme promise !

On voit par ce trait à quelle énergie on
avait affaire. — Résister à la volonté d'un
tel père était donc chose impossible, et
d'ailleurs inusitée chez les fils.

A l'ultimatum que m'avait posé mon
père entre le service en Russie ou en Espagne, j'avais réfléchi.

Je venais de lire l'histoire de la campagne de Russie par M. de Ségur, avec ses
neiges, ses glaces, Moscou et la Bérésina,

je choisis l'Espagne. — L'Espagne était plus proche, plus amie de la France, puis je m'appelais Gonzalve (quoique je ne fusse pas de Cordoue), et, à l'ombre de ce patronage du grand capitaine, je me décidai.

Justement, une circonstance des plus favorables se présentait.

La campagne d'Espagne, terminée par la délivrance du roi captif, Ferdinand VII avait désiré qu'une compagnie de gardes du corps, à titre étranger, fût adjointe aux trois compagnies espagnoles qui formaient sa maison.

Le roi Louis XVIII avait souscrit, de toute sa bienveillance, à ce désir, et l'ambassade espagnole, à Paris, avait reçu les instructions nécessaires pour l'admission dans cette compagnie de tous les jeunes gens appartenant à la noblesse française qui voudraient faire partie de cette garde.

Je fus du nombre, et un mois après les premières démarches voulues, mon père recevait un matin un billet de l'ambassadeur espagnol, qui le priait de se rendre auprès de lui, le lendemain à dix heures.

Le lendemain, mon père se mit en grand uniforme et se rendit avec moi à l'ambassade.

L'ambassadeur, M. le marquis la Puebla-del-Maëstre, nous attendait dans le salon d'honneur. Il portait le grand cordon de Charles III, il était entouré de ses secrétaires.

Son Excellence me remit alors, au nom de son maître, le brevet qui m'admettait

au nombre de ses gardes, et ajouta que
« le Roi était enchanté de m'avoir à son
service. »

Il ne me restait plus qu'à partir pour
Madrid.

Mon père me remit alors, d'abord
200 francs pour mon voyage, puis 1,200
francs pour la première année de ma pension. Je devais en toucher autant de mon
grade.

Me voici donc à la tête de 2,600 francs,
somme énorme pour ce temps-là.

Après avoir embrassé ma pauvre mère
en pleurs, mon père, ou plutôt l'amiral sur
son bord, me recommanda de bien servir
et de continuer l'honneur de son nom, et
puis il me souhaita bon courage, bon
voyage et le reste.

Le courage, je l'avais, — l'honneur, je l'avais, — j'avais vingt ans, je n'étais ni bossu ni tortu, — et, riche de cœur plutôt que d'argent ; le roi Ferdinand VII, que j'allais servir, n'était pas mon cousin.

VIII

L'Espagne de 1824 était loin, bien
loin de celle d'aujourd'hui. — Tout marche
en ce monde, le progrès, le luxe, les ai-
sances de la vie; ses folies même vont
d'un pas que nul ne saurait arrêter, c'est
la loi de nature, et en Espagne, plus
peut-être qu'en nul autre pays, sous la
couleur printanière et splendide d'un so-

leil méridional, sous l'influence d'une ima-
gination sans bornes, tout s'est ouvert
aujourd'hui aux libres exigences d'une
vie nouvelle.

En 1824, il n'en était point ainsi.

L'Espagne, après les tristes règnes,
après les impudences de Godoï, après
l'invasion française, après les grands
sièges et les grands combats qui avaient
en même temps illustré et épuisé toutes
les forces nationales, l'Espagne était restée
pauvre ; — l'expédition de 1823, qui
venait de remettre le roi Ferdinand VII
sur son trône, la trouvait plus pauvre
encore.

Un voyage dans ce pays, une arrivée à
Madrid, ce qu'on devait y trouver, la
cour, le monde, l'armée, les théâtres,

tout, pour un étranger surtout, devait
donc être un spectacle étrange et nouveau.

Le voyage d'abord.

Aujourd'hui, à l'aide des chemins de
fer, de cette vapeur que Napoléon et
plus tard M. Thiers avaient condamnée
comme un rêve; un voyage à Madrid n'est
plus qu'une fantaisie, et bien capitonné
dans son wagon, on arrive comme on est
parti, frais, dispos, nourri, toiletté comme
si on sortait de chez soi.

En 1824, de Paris à Bayonne, il fallait
d'abord quatre grands jours passés dans
une affreuse diligence, dite Lafitte et
Caillard, dont le coupé, un ignoble coupé,
était la place d'honneur. — On y passait
de longues journées en tête à tête avec

6

tous les compagnons du monde, et on arrivait moulu, fourbu, dans quelque mauvaise auberge; car, à cette époque aussi,
il n'était question ni d'hôtels, ni de va-
lets à habits noirs, ni de sommeliers, ni
de courriers; — une simple fille, bien
rouge, vous conduisait majestueusement
dans une chambre dont les murs, les lits,
les meubles suintaient l'humidité, dont la
cheminée fumait, et dont la sonnette était
absente; — c'est ainsi qu'on voyageait,
on y était habitué et notre race, plus simple
et plus ferme, n'y faisait qu'une mince
attention.

Il en était bien autrement pour les
moyens de locomotion de Bayonne à Madrid, — à Bayonne l'Espagne commençait.

Dès mon arrivée à Bayonne, je dus donc me mettre en quête d'une voiture pour Madrid.

Il n'en manquait point : il y avait alors le courrier, *el correo,* qui prenait peu de voya geurs, et principalement des voyageurs d'État, généraux, ambassadeurs, etc.

Il y avait ensuite le *coche de colleras,* voiture attelée de six mules, qui marchaient mal, et s'arrêtaient beaucoup et partout — il y avait *la galera,* sorte de grande charrette, recouverte de toile, dans laquelle, sur des nattes, on entassait pêlemêle, hommes, femmes, enfants, malles, paquets, marchandises, provisions, chiens, oiseaux, etc., etc.

Enfin, il y avait ce qu'on appelle, en France, la diligence.

La diligence était une sorte de voiture malpropre, dans l'intérieur de laquelle on entassait ce qu'on pouvait de voyageurs — devant, il y avait un coupé à deux places, ouvert au vent et au soleil, et fermé au besoin par deux rideaux de cuir.

Cette diligence était attelée de dix à quatorze mules, deux par deux, — chaque mule garnie de sonnettes, chaque mule ayant son nom propre; ordinairement : *Coronela, Capitana, Carbonera !*

Elle était conduite par un chef, le *mayoral*, gros homme coiffé d'un foulard noué sur la nuque, et surmonté du chapeau andalou, à pompons de soie noire, le *sombrero calanes*, — sa veste de velours était brodée en couleurs, c'était *la marsille ;* il avait une culotte courte, des guêtres de cuir fauve et de gros souliers.

Le *zagal* courait au-devant des mules, les aiguillonnait, les grondait, les corrigeait en leur jetant avec une certaine adresse, quand il le fallait, l'un des petits cailloux qu'il tenait dans sa main gauche.

Celui qu'on appelait le *delantero* était un imberbe de quinze ans, monté sur la première mule, celui qui dirigeait la marche de la diligence, et veillait aux cahots et aux ornières.

Telle était la baraque dans laquelle j'avais ma place. — Pour cette place, on me demanda une once d'or, c'est-à-dire quatre-vingt francs, dont on me fit verser la moitié comptant.

On devait partir à cinq heures du ma-

6.

tin, c'était au mois d'avril, la douane espagnole de la première ville espagnole, de
la ville d'Irun, devant nous retenir longtemps.

A l'heure dite, j'étais au poste, curieux
de savoir qui remplirait la seconde place
de ce bienheureux coupé ; — c'était une
femme.

Une fort jolie personne, par ma foi,
jeune, élégante, — les yeux, la taille, le
pied surtout d'une certaine hardiesse,
quelque chose qui sentait bon.

La connaissance fut bientôt faite. — En
voyage, passer ensemble, tête à tête,
nombre de jours et même de nuits, c'est
une sorte de mariage ; — c'est aussi une
étude, trompeuse quelquefois, agréable
cependant.

Les premiers moments sont une curiosité — d'abord, on s'interroge du regard,
de la parole; on passe l'inspection de la
personne, on cherche : Qui est-elle? A
quel monde appartient-elle? Est-elle fille,
femme ou veuve? Pourquoi voyage-t-elle?
D'où vient-elle? Qui va-t-elle retrouver?
— Ce sont autant de demandes que l'on se
fait à soi-même, demandes fugitives, con-
tradictoires : — on croit être sur la trace,
on la perd, on la retrouve ; enfin, à force
de tours et de détours, on arrive à être
sur la bonne piste et on y reste :

La personne avec laquelle j'allais être
enfermé, jour et nuit, durant quatre-vingt-
seize heures, parlait français très correcte-
ment, d'où la conversation plus facile.

Cette personne était mariée, elle portait

au doigt son anneau, elle habitait Madrid.
Je pouvais donc d'avance m'adresser à
elle pour savoir sur cette ville où j'allais
passer des années, une foule de détails
intéressants.

Je lui dis donc qui j'étais, ce que j'allais
faire à Madrid. Je lui dis que j'entrais
dans les gardes du corps du roi, je lui
demandai ce qu'était ce corps, comment
il était composé, et avec une curiosité bien
pardonnable à un jeune homme de mon
âge, si *l'uniforme* était joli? A cette question, elle sourit et me répondit « charmant ! »

Elle entra alors dans le détail avec une
précision merveilleuse. — Casque étince-
lant — habit bleu à revers, parements et
collet rouges galonnés d'argent, aiguil-

lettes, bandoulière aux couleurs de la
compagnie, culottes blanches collantes,
grandes bottes, long sabre, beau cheval et
galante tournure; — tel était le garde du
corps de Sa Majesté.

Ce détail me plut, elle devait avoir dans
ce corps quelque frère, quelque parent et
peut-être mieux encore. — A cette question indiscrète, nouveau sourire !

De la société de Madrid elle savait tout,
connaissait tout le monde, toutes les dames,
toutes les demoiselles par leur nom — de
la cour, elle savait toutes les histoires petites
et grandes, esquissait d'un sourire certaines liaisons, parlait de tous et de toutes,
comme on parle de ceux qu'on connaît;
— elle m'indiqua les grandes maisons qui
recevaient, me nomma les plus jeunes et

les plus jolies femmes à la mode, enfin me
parla de toute la noblesse, comme si elle
en était, qui était-elle donc?

Nous passâmes successivement, côte à
côte, à *Vittoria*, à *Miranda de Ebro*, à
Burgos, la capitale de la Vieille-Castille,
à *Aranda de Duero*, et nous étions arrivés
ainsi sains et saufs au sommet du *Sommo-
Sierra*. Elle et moi, nous savions tout ce
qu'on racontait de ce redoutable passage.
Les voleurs y détroussaient proprement les
voyageurs, c'était une légende reçue et
presque autorisée.

Ces voleurs attaquaient là les diligen-
ces, toujours aux mêmes heures et presque
aux mêmes jours; ils avaient des espions
qui les renseignaient sur la qualité des
voyageurs et le butin présumé à y prendre.

Alors, ils barraient la route, dételaient les chevaux, faisaient descendre les voyageurs, leur attachaient les mains derrière le dos, et criaient : *Boca abajo!* — face à terre. — Puis, à leur aise, ils les dévalisaient comme de nobles détrousseurs qu'ils étaient.

La part de chacun était réglée. — Le capitaine avait un tiers; les soldats, les deux autres tiers — sur lesquels cependant, on avait soin de prélever un fonds de réserve pour faire dire des messes à ceux qui étaient pris et qui finissaient par danser au gibet, sans castagnettes :

Bailar en la horca, sin castanüelas!

Ces voleurs, hardis, nobles aussi, disaient-ils, avaient même leur chanson qu'ils ne craignaient parfois de chanter à la barbe des voyageurs.

> Soy gefe de Bandoleros
> Y al frente de mí partida,
> Nada mi pecho intimida,
> Nada me puede arredrar.
> Que vengan carabineros
> Que vengan guardias civiles
> Le haran escarmentar
> Y no quieran mas ensayo;
> A Caballo,
> Trabucazo... y à Cargar ! ! !

« Je suis le chef des brigands, et à la tête de ma compagnie, rien ne saurait m'intimider, rien ne saurait m'arrêter. — Viennent les carabiniers, viennent les gendarmes, nous les exterminerons et ils n'y reviendront pas. — A cheval donc, le fusil au poing et chargeons ! »

Avec de semblables gentilshommes,

rien à répondre — heureux ceux qui, comme nous, ne les rencontrèrent point.
— Toutefois, au passage de ces sombres gorges, je me serrai instinctivement contre ma jolie compagne, qui ne m'en voulut pas trop, et au bout de quatre jours, vers le matin, nous traversions gaiement le désert qui environne Madrid et nous descendions la rue de la *Montera*, pour nous arrêter à la *Puerta del Sol*, la principale place de Madrid; — celle où est la vie tout entière de la capitale, le forum de l'ancienne Rome.

Ce moment de l'arrivée, toujours triste! — On a été durant bien des jours et des nuits, côte à côte, les yeux dans les yeux, vivant des mêmes choses, causant des mêmes choses, amis, amoureux quelquefois et voilà qu'il faut se séparer, et se

7

dire adieu, sans savoir si on se retrouvera, où on se retrouvera, sans savoir aussi qui on est ?

J'avoue que ce moment me fut douloureux. — Nous descendîmes et là, au moment où le sourire aux lèvres et le regret au cœur, je donnais la main à ma jolie inconnue et lui demandais où je pourrais la revoir ? « Mon Dieu ! me dit-elle en souriant, si vous avez besoin de vous faire faire un joli uniforme de garde du corps, mon mari est tailleur, et je loge là ! » en me montrant son enseigne sur la place même !

Vous est-il arrivé quelquefois d'être tout à coup réveillé au milieu d'un rêve, et de ne retrouver au lieu d'un palais enchanté que les rideaux de votre lit ? —

telle fut ma désillusion. — Je croyais avoir trouvé une *duchesse*, c'était une *tailleuse*.

Toutefois, comme elle était jolie, j'y retournai, et j'y fis faire mon uniforme, qui m'allait même fort bien.

IX

Mon premier devoir, en arrivant à Madrid, était naturellement de me présenter à mon chef suprême, le capitaine général des gardes du corps de Sa Majesté.

Le capitaine des gardes était alors *M. le marquis d'Albudeite,* fort grand seigneur, l'une des notabilités de la vieille noblesse espagnole.

Je fus reçu avec la courtoisie la plus distinguée et dès le lendemain je fus admis à baiser la main du roi. — C'est un antique usage en Espagne, que tous ceux qui, à titres divers, appartiennent à la maison du roi n'entrent en fonction qu'après cette formalité.

Le lendemain donc, à dix heures du matin, je montais le grand escalier du palais et j'étais introduit dans la salle des ambassadeurs.

Le roi, peu de moments après, parut, accompagné de son chambellan de service et du marquis d'Albudeite, mon chef. — Il était revêtu de l'uniforme des gardes, auxquels j'allais appartenir. — C'est l'uni-

forme qu'il a l'habitude de revêtir, l'uniforme de sa maison.

La formalité du baise-main accomplie,
j'étais garde du corps de Sa Majesté.

La famille du roi Ferdinand VII était
alors fort nombreuse et le service des
gardes d'autant plus chargé.

Le roi Ferdinand, monté sur le
trône en 1808, par l'abdication de Charles IV, était alors âgé de quarante ans. —
Ses premières années avaient été des plus
éprouvées, des dissensions de famille fort
graves l'avaient séparé des siens, les événements de 1809, 1810, 1812, sa captivité en France, ne lui avaient pas mieux
réussi, et aujourd'hui la révolte de 1823
à laquelle il venait d'échapper par l'entre-
mise victorieuse de l'armée française,

avait influé tristement sur son caractère, comme sur sa situation politique vis-à-vis de son peuple.

Ses chagrins domestiques avaient eu aussi leur part dans ces tristesses. — Ferdinand avait épousé en premières noces Marie-Antoinette, des Deux-Siciles, il l'avait perdue en 1806.

En secondes noces, il avait épousé Isabelle-Marie, princesse de Portugal, il l'avait également perdue en 1818.

Pour la troisième fois, il s'était remarié à la princesse Joséphine de Saxe; c'était la reine que j'ai servie.

Veuf plus tard, de cette princesse de Saxe, Ferdinand se remaria pour la quatrième fois. — Il épousa une princesse des Deux-Siciles, Marie-Christine, la propre sœur de la duchesse de Berry.

Il en eut celle qui régna sur l'Espagne durant près de quarante ans, sous le nom d'*Isabelle II*, encore existante, mère du roi *Alphonse XII*, aujourd'hui sur le trône.

Le service du roi et de la reine était des plus importants. — La reine, d'une santé plus que délicate, était atteinte d'un mal lent et fatal qui lui coûta la vie. — Elle sortait peu, bornait ses distractions à quelques promenades, au pas, avec une faible escorte et passait ses meilleures heures dans les exercices d'une piété secrète et sévère — c'est pour cette raison qu'elle habitait plus volontiers le couvent de l'*Escorial*, où la solitude et la proximité de la chapelle lui rendaient ces saintes pratiques plus faciles. — Alors, deux gardes seuls l'accompagnaient à la tribune.

Le roi sortait tous les jours, à Madrid, ou ailleurs, avec escorte et toujours aux mêmes heures, quelque temps qu'il fît, et on rapporte de lui ce mot : — il pleuvait à torrents, l'escorte de gardes attendait déjà trempée, et on lui faisait observer que par un tel déluge, il ne pouvait songer à sortir. « Eh, répondit-il, que voulez-vous que je fasse pendant ces deux heures? » Et il sortit.

Comme la reine était ordinairement souffrante, il n'y avait point de réceptions et de soirées au palais : alors, le roi, après son souper, sortait tous les soirs, à pied et accompagné d'un seul chambellan et ami. — Il ne rentrait guère avant trois et quatre heures du matin, et toujours, un garde était aposté en dedans de la petite porte de la place du palais et l'y attendait. — Le roi frappait, donnait le mot d'ordre, et le garde, après avoir ouvert et refermé, l'accompagnait jusqu'à son appartement et lui remettait les clefs. — Ce service délicat ne laissait pas d'être assez dur, surtout par les nuits d'hiver, où le vent de Madrid soufflait, ce vent dont un proverbe a dit :

El aire de Madrid es tan sutil que mata a un hombre y no apaga a un candil.

« L'air de Madrid est si vif qu'il tue un homme et n'éteint pas une chandelle. »

Cependant, je n'en suis pas mort.

Les Infants avaient aussi, de leur côté, un service très important.

Il y avait d'abord l'Infant don Carlos, frère du roi, celui dont on a tant parlé. — Il avait épousé la princesse de Portugal, Marie-Françoise, amère et hautaine.

Ce ménage était plus que souvent en hostilité ouverte avec le roi, et plus que souvent aussi, les gardes étaient de sentinelle à leur porte. Ils étaient aux arrêts par ordre du roi. — On sait comment finit Cette hostilité, par un soulèvement et une prise d'armes qui entraîna de nombreuses défections et mit les armes à la main à une portion considérable de partisans. Cette mésintelligence royale durait encore il y a quelques années : — sous le nom de carlistes, quelques vingtaines de mille hommes avaient essayé de reconquérir, au nom de don Carlos, le trône qu'il disait lui appartenir. — Cette guerre fratricide a heureusement trouvé sa fin, et don Carlos expulsé du royaume, comme il l'est de la France, s'est réfugié en Angleterre.

L'Infant don François de Paule, frère du roi, habitait également le palais, celui-là le plus doux et le plus souriant des princes.

Il était marié à une princesse des Deux-Siciles, sœur de la duchesse de Berry, la princesse Charlotte, celle qu'en Espagne on appelait : *la Carlotta*.

La Carlotta était une fort agréable et jolie personne — jeune, blonde, élégante, elle avait, dit-on, de nombreux adorateurs et elle le méritait — son service était assez chargé. — Il lui fallait, jour et nuit, deux gardes à sa porte. — Elle recevait les

soirs en petit comité, et se couchait fort
tard — à quatre et cinq heures, il en sortait encore du monde — alors, elle demandait son souper — ce souper apporté
depuis minuit, dans une antichambre, et
rangé dans un buffet chauffé, y répandait
de délicieuses odeurs; les méchantes lan-
gues disaient qu'une fois, deux jolis gardes,
tentés par l'occasion, y avaient dérobé et
mangé un des plats — c'était une légende
et les légendes ont toujours quelque chose
de vrai, j'en savais quelque chose.

L'Infant don François avait deux fils.
L'un a épousé depuis la reine Isabelle II,
et a reçu le titre de roi, qu'il porte encore.
Il habite Paris et il est le père du roi
Alphonse XII.

Son second fils, le prince Henri, est

mort en exil, après avoir fait un mariage morganatique.

En 1824, ces deux petits garçons étaient charmants, et leur grand plaisir était de venir jouer avec les gardes qui étaient de sentinelle à leur porte. — Bien souvent j'ai été l'un de ces gardes et j'étais lié avec eux d'une grande affection enfantine.

Une autre Infante habitait le palais. C'était la princesse *de Beira*, qui avait épousé un prince portugais dont elle était veuve. — Après la mort de son mari, elle était rentrée à Madrid, — elle était la sœur du roi. — Fort jolie, et vivant fort retirée, son service n'en était pas moins assez chargé — jour et nuit elle était gardée par deux d'entre nous.

X

Cette cour, on le voit, pour être nombreuse, n'en était pas plus ouverte. — Après les graves événements qui venaient de s'accomplir, après les divisions intestines qui en avaient été la suite, la détresse était un peu partout, dans les esprits, dans les cœurs et surtout dans le trésor.

Il fallait se hâter de tout reconstituer,

8.

de tout apaiser et la tâche était difficile. —
C'est ce qui explique pourquoi, à cette
époque, la cour d'Espagne n'en était pas
une. — On n'y recevait pas, on n'y donnait aucune fête, les réceptions des ambassadeurs et des ministres étrangers,
quand ils arrivaient, étaient les seules où
il se, déployait quelque apparat, et encore
des plus simples.

Le ministère qui avait été chargé d'essayer quelque ordre dans ce chaos, était
un ministère de représailles, toujours dan-
gereuses; un homme considérable, M. *Ca-
lomardè*, le présidait.

Il était grandement aidé dans cette re-
construction presque totale de la force
publique par le ministre de la guerre, le
général *Zambrano;* homme dur, capable,

du métier, le chef redouté et redoutable de toute l'armée.

L'armée était tout entière à réorganiser. — Après la prise du Trocadéro, l'armée française avait quitté l'Espagne, son chef, le duc d'Angoulême, en tête. — On n'avait laissé à Madrid qu'une brigade de deux régiments suisses, commandée par un général français, le général d'Arbaud-Jonques, c'était environ 4,000 hommes. — Ce petit corps d'occupation y resta plusieurs années.

L'armée à réorganiser devait se composer de 60,000 hommes. — Ce chiffre insuffisant était complété par l'appoint des milices provinciales ; — chaque province avait levé un fort beau régiment de soldats aguerris, dont le concours était précieux et peu onéreux, c'était la province qui le soldait. On avait ainsi déjà sous les drapeaux une force suffisante.

Bientôt après, on avait songé à donner au roi une garde royale. — Cette garde, composée de quatre régiments, infanterie, était forte de 8,000 hommes. Elle était fort belle de tenue et de solidité. — Tous étaient de vieux soldats aguerris, commandés par des officiers qui depuis vingt ans avaient fait partout le coup de feu, et savaient leur métier.

La cavalerie n'était pas moins respectable. — Elle se composait de quatre beaux régiments de cuirassiers, chasseurs, lanciers et hussards, formant un effectif de près de 2,000 hommes. C'est aux cuirassiers que j'ai connu, comme porte-étendard, le beau Serrano, mon frère d'armes, qui, plus tard, est devenu maréchal.

Si à cette force de 10,000 hommes qui composaient la garde royale, infanterie et cavalerie, on joignait les corps du génie, de l'artillerie, et les soldats de police qui gardaient la ville, on arrivait à un chiffre imposant de 12,000 hommes, qui répondaient du maintien de l'ordre, et du respect à la royauté, dans la capitale.

Le corps des gardes du roi, je n'ai pas besoin de le dire, était celui qui veillait personnellement à sa sûreté.

Composé de quatre compagnies, il réunissait 500 chevaux magnifiques, tous sortant des haras royaux.

La compagnie au titre étranger, de nationalité française, était déjà formée lorsque j'arrivai — elle comprenait 120 gardes. — Dans ce nombre on comptait : le comte de Montbrun, le comte de Ménars, le comte de Vaublanc, le comte de Nanteuil, de la Barre, de Guillaudeu, le chevalier du Plessis, le baron des Mazis, le comte de Tanouarn, le baron de Nervo, etc., etc., — tous appartenant à la bonne noblesse française.

Le service des gardes consistait à faire toutes les gardes du palais, de jour et de nuit, à faire toutes les escortes, à faire tous exercices de leur métier, à pied et à cheval.

En ce temps, eux seuls faisaient le service des salons, — les hallebardiers faisaient le service de l'antichambre et des

escaliers — ils n'étaient que des sous-
officiers.

En ce temps aussi, l'administration générale du royaume était entre les mains
de l'autorité militaire. — C'étaient les
capitaines généraux des provinces qui
l'exerçaient, à la satisfaction de tous. J'en
ai été longtemps le témoin, lorsque après
avoir quitté la maison du roi, j'avais été
envoyé au 3ᵉ régiment, *Estremadura,* des
chasseurs à cheval, en garnison à Séville.

Le capitaine général *Ozorio,* qui y com-
mandait, était le plus doux des hommes.
Son autorité était aussi populaire que
respectée.

Il en était de même dans toutes les autres provinces, à cette époque de transi-
tion, où l'autorité militaire, seule, et en

dehors de l'autorité civile, avait le gouvernement supérieur et immédiat de tout
le royaume, dans la personne des capitaines généraux des Provinces.

XI

La ville de Madrid, en 1824, était loin d'être ce qu'elle est devenue. Les rues étaient plus étroites, les places moins dégagées, la population beaucoup moindre. — Au lieu des quatre cent mille âmes d'aujourd'hui, elle en comptait à peine deux cent mille.

La ville n'était point ce qu'elle est de-

9

venue, elle était mal éclairée, mal pavée,
malpropre, la rue Alcala seule était alors
ce qu'elle est restée, la principale artère de
la ville.

Les monuments étaient les mêmes, peu
ont été édifiés depuis.

Et d'abord, le palais du roi. Il est l'un
des plus beaux de l'Europe — à Berlin,
à Londres, à Pétersbourg, nul ne saurait
lutter avec celui de Madrid. — Construit
vers 1737, son étendue, sa distribution,
les trésors d'art et les tableaux qu'il renferme en font une véritable merveille. J'y
reconnais les fresques et les peintures de
Tiepolo, de *Corrado*, de *Mengs*. — Un escalier de marbre à deux travées donne accès
dans les salles principales.

L'une d'elles, la salle des Ambassadeurs,

percée de larges fenêtres, donnant sur la place, est la plus majestueuse et la plus riche. — Le trône y est élevé sur gradins, il est gardé à droite et à gauche par deux lions en marbre du plus souverain aspect. C'est là qu'ont lieu les réceptions diplomatiques et les grands baise-main aux jours de gala.

Les appartements du roi s'étendent en longue et majestueuse ligne sur toute la partie qui regarde les hautes montagnes du Guadarrama, c'est un coup d'œil en même temps sévère et agréable.

La chapelle est petite, mais d'un style bien ordonné — cette chapelle a son clergé particulier, un grand aumônier, deux maîtres de cérémonie et trente chapelains.

Elle sert à tous les exercices du culte,

auxquels sont très assidus tous les habitants du palais, la reine principalement.

C'est dans cette chapelle, qu'un jour, à la fête de l'ordre de Charles III, le roi étant sur son trône, à gauche de l'autel, environné de sa cour, et **MM.** de Nervo et de Montbrun, gardes du corps de faction au pied du trône, la corde du baldaquin qui s'élevait au-dessus de la tête du roi, étant venue à .casser de vétusté ; le monarque et trois de ses chambellans furent pendant quelques minutes littéralement ensevelis sous cette lourde et vieille calotte de velours. Les deux gardes vinrent promptement à bout de dégager le roi, on apporta un fauteuil dans le chœur, et il ne resta de ce petit événement qu'un souvenir plaisant, personne heureusement n'ayant été blessé.

Tel était le palais du roi, à Madrid. — Il n'a pas beaucoup changé, seulement les ameublements y ont été magnifiquement renouvelés, dans le goût du temps, et il y règne actuellement une harmonie du meilleur goût et d'une grande richesse.

Les écuries royales sont, de leur côté, quelque chose de vraiment remarquable. — Les vieux carrosses de la vieille monarchie espagnole, y sont conservés avec un soin jaloux.

Les harnais dorés, piqués, brodés y sont conservés. — Le velours rouge y fait son effet.

Les chevaux, de mon temps, n'y abondaient point. Le roi allait en attelage de

9.

mules. Ces mules très fines coûtaient trois mille francs chacune ; — un bon atte-lage de mules marche au trot plus vite que les chevaux, et les gardes, derrière la voiture du roi, avaient mille peines à les suivre. — Pour les jours de gala, il y avait un attelage de six mules blanches, du plus grand prix.

La cour n'habitait pas alors Madrid toute l'année. Elle avait ses résidences d'été auxquelles elle était fidèle.

Aranjuez, à quelques lieues de Madrid, est un fort beau palais. — Il est situé sur les bords du Tage. — C'est le Saint-Cloud de l'Espagne. — La végétation y est luxuriante, les fleurs les plus rares embaument et décorent ses jardins ; nous y accompagnions la cour, l'été.

D'Aranjuez et au moment où les cha-
leurs arrivaient, la cour allait à *la Granja*,
qui est le Versailles de l'Espagne. — De
grandes eaux, de belles charmilles, y
défient aimablement les feux de l'été.

A l'automne et lorsque la saison se re-
froidit, la cour allait à l'*Escorial*.

L'Escorial est ce couvent bâti par Philippe II, en mémoire de sa victoire de
Saint-Quentin et dédié à saint Laurent,
c'est pourquoi il s'appelle aussi *San Lo-
renzo*. — Il est bâti sur la forme du gril
qui servit à brûler le martyr. Les cloche-
tons représentent les pieds du gril, les
cours en représentent les compartiments,
et une certaine avance du monument en
simule le manche.

Le roi habite la façade qui donne

sur les jardins. — L'église renferme tous les corps des souverains espagnols depuis le XVIe siècle. — La bibliothèque est des plus riches, en manuscrits surtout.

La reine surtout affectionnait l'Escorial, elle s'y trouvait plus libre dans ses exercices de piété — nous l'y accompagnions toujours.

Cependant et malgré l'absence de la cour, qui faisait un certain vide, Madrid l'été n'était pas complètement abandonné — en ce temps, personne ne voyageait à l'étranger. Il fallait quinze jours pour aller à Paris dans la plus désastreuse voiture, nulle des jolies femmes de Madrid ne se fût hasardée à un semblable supplice.

Aux *châteaux en Espagne,* c'était le cas
d'appliquer le proverbe légendaire; il n'y
en avait pas un aux portes de Madrid,
ni ailleurs; force était donc de rester en
ville, de s'y abriter du mieux possible
du soleil, d'y faire de longues siestes,
et de passer ses nuits au frais des fon-
taines du Prado. Les églises de Madrid,
quoique très nombreuses, n'ont point de
détails véritablement remarquables — il
y a de fort beaux retables en bois sculpté
et doré, mais rien qui dans l'architecture
mérite d'être noté.

Madrid, comme capitale, n'était pas
une ville assez ancienne pour que les
grands artistes y bâtissent des églises
comme il s'en trouve dans d'autres par--
ties de l'Espagne.

Pour voir quelque chose d'admirable par la légèreté des flèches, la hauteur des coupoles, et la fine dentelle de toutes les sculptures, il faut aller à Burgos ou à Compostelle. — Les églises du midi de l'Espagne provenant toutes des anciennes mosquées des Maures, ont toutes un style, des détails et des festons que ne comporte point le culte chrétien. Il en est ainsi à Séville, à Cordoue, à Grenade, à Malaga et dans tout ce qui nous reste de ces dynasties des Abdérame, dont la prospérité, l'intelligence, le goût des lettres et des arts sont encore vivants après tant de siècles.

Les bibliothèques, en 1824, avaient aussi à Madrid conservé leur importance. Les manuscrits les plus précieux y étaient conservés, — tous les instituts, toutes les académies y étaient ouverts et y fonctionnaient de la plus remarquable manière.

Les théâtres, en renom en 1824, n'étaient point tant s'en faut aussi nombreux, ni du même genre qu'aujourd'hui. — Il n'y avait alors, à proprement parler, que deux théâtres. — Le théâtre *del Principe* et le théâtre de *la Cruz*. — Le théâtre seul del Principe était suivi. — On y représentait les pièces de *Lope de Vega, Calderon, Moratin*, — *Moratin* avait été surnommé le Molière espagnol. Moins fin de détails que notre critique, il en a le sarcasme et il excelle par la réplique — dans la langue castillane, cette réplique soudaine, foudroyante, immédiatement comprise, est d'un saisissant effet, l'acteur espagnol la rend avec talent et esprit.

Le théâtre de *la Cruz* était plus peuplé — on y cultivait le *saynete*, un acte en prose ou en vers avec couplets, — la satire des vices et des ridicules. — Son nom de *saynete* exprime d'ailleurs en bon espagnol la chose elle-même. — L'étymologie de *saynete* vient d'une sauce dont on se servait pour donner aux mets une saveur plus relevée — c'est l'étymologie de ce mot qui a passé de la cuisine au théâtre. — C'est ainsi qu'on peut dire que dans tous ces petits actes, *le sel* domine.

D'Opéra italien, il n'était question à cette époque, la salle actuelle, près de la place del Oriente, n'existait point; et cette place del Oriente elle-même, aujourd'hui peuplée de statues et semées d'arbres et de fleurs ne renfermait que de pauvres et vieilles masures, indignes du voisinage du palais du roi.

Dans la salle du théâtre de la Cruz, on dansait parfois ces boleros et ces fandangos dont les ballerines espagnoles, andalouses surtout, ont conquis par leur grâce le privilège, inconnu à toute l'Europe.

Elles seules les dansent!

Le Prado était, en ces temps, la promenade à la mode. — Dans tout pays, il y a une partie de la promenade publique adoptée par le beau monde et que le public respecte; au Prado d'alors, c'était l'allée qui longeait les bâtiments de l'ambassade de France, aujourd'hui remplacés par la salle des Cortès.

10

Le jour, de quatre à six, on y était, — la nuit, de dix heures à minuit et même plus, on y murmurait à voix basse l'éternel duo de Roméo et Juliette, et en Espagne il y a beaucoup de Roméos, plus encore de Juliettes Cela remplaçait agréablement le théâtre où la bonne compagnie n'allait guère étouffer et s'enfermer aux quinquets à l'huile de ce temps.

La première des curiosité était alors, comme aujourd'hui, son célèbre musée — quand on s'appelle Murillo et Velazquez et qu'on est chez soi, dans sa patrie, éclairé par son soleil, on règne. — L'art a cette suprême particularité qu'il règne en dépit de toute autre souveraineté. — Les révolutions, les troubles, les discordes amères, les compétitions des hommes entre eux,

il les dédaigne, et demeure dans sa majesté.

Ce musée si bien rempli, si national,
était à cette époque, comme aujourd'hui,
l'objet d'un soin particulier; nous aurons
à revenir en détail sur ces incomparables
trésors, lorsque nous aurons pour nous
y guider celle qui, artiste elle-même, est
le sujet de cette douloureuse histoire, la
duchesse de Puerto-Real elle-même.

XII

Un attrait d'un tout autre genre réunissait à certains jours, dans d'autres lieux, ce qui fait le charme de la vie, nous voulons dire le beau monde de Madrid. — Qu'était à cette époque-là la société de Madrid, quelle était sa vie?

Après les nombreux et terribles événe-

10.

ments qui avaient révolutionné l'Espagne, depuis plus de quinze ans, on eût pu croire, craindre que la société de Madrid ait disparu dans la tourmente; non — elle avait, au contraire, soutenu cet assaut, souvent mortel, avec une dignité et un courage étonnants.

Les salons de la haute société ne s'étaient jamais fermés, et l'accès en était toujours demeuré aussi difficile aux parvenus et aux irréguliers.

La noblesse espagnole avait à cette époque la suprême qualité de ne se mêler jamais, elle restait ce qu'elle était de siècle en siècle, se mariait entre elle, se mêlait aux événements quand elle le voulait, s'abstenait quand il le fallait, et demeurait ainsi, nous voulons le répéter,

inattaquée dans le noble patrimoine que
lui avaient laissé d'illustres aïeux.

A l'époque qui nous occupe les grands
salons de Madrid, pour être plus rares,
n'en étaient que plus recherchés.

Nous autres faisant partie de la maison
du roi, nous y étions admis et je pourrais
ajouter que nous y étions presque recherchés, pourquoi, je n'en sais rien, mais on
nous recherchait.

Ces salons étaient ceux de la duchesse
de Benavente, — de la marquise de
Santa-Cruz, — de la comtesse Alcanicès,
— de Mme Brunetti, — de la marquise
de Matallana, — de la duchesse de
Berwick et d'Albe, — de la duchesse de
San-Carlos, — de la duchesse de *Puerto-
Real* :

Chaque jour désigné de la semaine, il y avait soirée chez ces dames.

Le dimanche était réservé à la duchesse de Benavente qui par son nom, son âge et sa fortune tenait alors à Madrid le premier rang.

Les dimanches, on dansait chez la duchesse, en très grand gala — tout ce que Madrid comptait d'illustre, de grand, de jeune et d'élégant y était. Les gardes du corps y allaient en grande tenue de bal— culotte courte blanche, bas de soie, boucles aux souliers, épée au côté, chapeau galonné d'argent. C'était coquet et distingué — on y valsait, dansait, causait, soupait et faisait la cour aux dames, l'appétit n'y manquait pas.

Le salon de la marquise de Santa-Cruz

était plus sérieux, plus officiel, plus mêlé
aux hommes de l'époque. On y rencontrait
tous les militaires qui avaient marqué :
le maréchal Castanos, duc de Baylen ; —
le duc de l'Infantado, président de la
régence du royaume, pendant la captivité
du roi, homme doux, souriant, d'une conversation très imagée, ayant beaucoup
vu, beaucoup retenu et racontant avec un
charme à lui particulier ; — le duc de Frias,
très fin dans ses appréciations et très
goûté ; — le général comte d'Espagne,
devenu commandant une division de la
garde, toujours soldat, toujours Gascon,
toujours mêlé à toutes choses, aimé du
soldat, dur à lui-même, à cheval la nuit
comme le jour, mangeant à la gamelle,
aimant le petit vin, ne couchant nulle

part, ne logeant nulle part; — un type, aimable, disert, vantard, mais intéressant et dévoué à son métier ; — il racontait bien et on l'écoutait beaucoup. — Le général baron d'Éroles y venait aussi souvent, il était plus diplomate que militaire.

La duchesse de Benavente recevait également la diplomatie, tous les ambassadeurs et les ministres y venaient, nous dirons tout à l'heure qui ils étaient.

La jeune et jolie comtesse Alcanicès réunissait les jeunes visages. On y dansait beaucoup, plus d'un mariage était résulté de ces charmantes soirées.

Mme Brunetti, jeune Espagnole qui avait épousé un diplomate étranger, recevait principalement les ministres et jeunes attachés de son âge, c'était un salon tout

entier presque d'étrangers. La France y
jouait son rôle.

La marquise de Matallana, qui était
Française, recevait principalement les
Français, c'était Paris en petit.

La duchesse de Berwick et d'Albe ne
recevait que dans l'intimité — la mauvaise
santé du duc, son mari, ne lui permettait
pas davantage. Elle était d'ailleurs une
modeste et très intéressante personne. —
Je lui avais apporté de Paris des recom-
mandations et j'avais plus que plaisir à
aller très souvent dans ce beau palais qui
touchait à l'hôtel des gardes du corps,
aujourd'hui brûlé.

La duchesse de San-Carlos était une
personne du très grand monde, — le duc,
son mari, tenait une place importante dans

le gouvernement du roi — on y allait beaucoup, on s'y plaisait, c'était un salon où l'on causait, les artistes y venaient et s'y faisaient entendre, la musique était la passion de la duchesse. Elle avait elle-même une jolie voix et elle chantait les *seguidillas* comme personne.

Quelques années plus tard, étant en congé à Paris, j'y ai retrouvé le duc de San-Carlos, qui y était à titre d'ambassadeur du roi. — L'ambassade, qui était alors rue du Mont-Blanc, dans l'hôtel du cardinal Fesch, était fort à la mode, et je me rappelle avoir été longtemps, en ma qualité d'officier aux gardes, comme un des assidus de l'ambassade. — En ce temps, on avait à Paris l'idée que l'armée espagnole n'existait point et qu'elle était

XIII

La diplomatie de ce temps était peu ré-
pandue. — Après les grands événements
qui venaient de replacer le roi Ferdinand
sur son trône, tous les ministres et ambassadeurs étaient de nouvelle date, et en
même temps, tous chargés d'une mission
toute spéciale, vu la situation.

L'ambassadeur de France, M. le mar-

XIII

La diplomatie de ce temps était peu ré-
pandue. — Après les grands événements
qui venaient de replacer le roi Ferdinand
sur son trône, tous les ministres et ambassadeurs étaient de nouvelle date, et en
même temps, tous chargés d'une mission
toute spéciale, vu la situation.

L'ambassadeur de France, M. le marquis de Moustiers, vivait un peu éloigné du monde.

Il était en certain froid avec le gouvernement, par suite de certaines conditions du traité d'Andujar, restées sans exécution après la délivrance du roi, et de plus, un peu brouillé avec la société qu'il trouvait trop froide à son égard ; et cependant, quand on connaît cette société, il est impossible de ne point l'aimer, tant elle est accueillante, bienveillante, ouverte à vos moindres désirs, et parfaitement aimable, c'est-à-dire digne d'être aimée, et elle l'est.

Nous-mêmes Français, nous ne trouvions pas à l'ambassade française l'accueil qui nous était dû, nous avions pris du service en Espagne avec l'autorisation de notre roi, nous nous y comportions comme des gens d'honneur et de bien, nous eussions mieux mérité de l'ambassadeur de France — d'ailleurs, nous n'étions point les seuls à nous plaindre.

Les autres ambassades nous étaient au contraire ouvertes à quatre battants.

M. d'Oubril, ministre de Russie, avait une maison très gaie — ses trois filles étaient jeunes et charmantes. — J'ai retrouvé plus tard l'une d'elles mariée à Pétersbourg, à M. Martschenko — elle était une agréable personne. — Quant à M. d'Oubril, il préludait alors à la grande carrière qu'il a eue depuis; il était en Russie l'un de ceux qui marchaient à la tête des diplomates de son époque, il y a rempli les plus hauts postes.

11.

Le comte Solar de la Marguerite était ministre du Piémont. — Il était un homme de beaucoup d'esprit, et il l'a prouvé, puisque plus tard il est devenu à Turin ministre des affaires étrangères et chef d'un parti puissant et heureux. — M. de Solar aimait particulièrement les Français et nous recevait beeaucoup. — Je l'ai retrouvé bien après à Turin, lorsque mon beau-père, M. de Barante, y était ambassadeur de France, nous nous y sommes rappelé Madrid avec plaisir.

Naples était représenté le plus souvent par un simple secrétaire qui allait beaucoup dans le monde mais ne recevait point.

Le Portugal avait sa maison, — la Prusse se réservait, — tous les petits États d'Allemagne regardaient, — l'Angleterre buvait beaucoup de porto, et, sauf les deux ambassades de Russie et du Piémont, tout le monde semblait se préoccuper assez peu des plaisirs du monde.

Telle était, à ce point de vue, la situation de la diplomatie, à Madrid, en 1824.

Comme la cour elle-même recevait à peine, on se disait au même niveau, et la vie se passait ainsi, fermée chez les uns, ouverte, gaie et souriante chez les autres.

XIV

Dans une société, quelle qu'elle soit, dans un monde quel qu'il soit, en tous pays, en toute circonstance de la vie, on a toujours une préférence — c'est cette préférence qui donne au salon qu'on a choisi toute sa saveur et tout son charme.

La personne qui va figurer dans ce drame, celle qui va y jouer l'innocent et terrible rôle qui décida de sa vie, était celle avec laquelle une réelle affection m'avait lié.

C'est ainsi et après ce préambule peut-être un peu long, que le jeune garde du corps du roi Ferdinand VII est amené tout naturellement, à retracer page par page, heure par heure, les phases d'un drame qui épouvanta Madrid tout entier.

C'est ainsi que seul témoin et seul survivant, assurément, de cette époque, je crois encore voir et entendre tous ceux qui y ont figuré, et sens frémir entre mes doigts la plume qui va raconter de si terribles choses.

DEUXIÈME PARTIE

XV

Méfiez-vous des ciels bleus, des mers tranquilles, des natures vertes et fleuries qui vous sourient, vous aiment et vous réchauffent le cœur ; l'orage est proche. — Hier, tout était éclairé des rayons d'un soleil bienfaisant, aujourd'hui l'orage a tout emporté. Hier le volcan s'était tu, aujour-

d'hui il vomit la cendre et le feu ; — il en
est parfois trop souvent ainsi de notre
pauvre nature. — La veille, tout était en
joies et bonheurs ; le lendemain, le deuil et
l'abandon règnent au foyer. — La veille,
on croyait à un bonheur sans fin, le lendemain tout s'est évanoui ; — à côté de la
divine lumière, la nuit ; — à côté du sourire, les larmes amères ; — comme si Dieu,
dans sa sagesse, avait voulu nous apprendre que sur cette terre, rien n'est
durable, — que sur cette terre, les joies
et les douleurs sont comme deux sœurs
qui, vivant de la même vie, attachées au
même corps, se sanctifient et s'épurent par
un mutuel sacrifice ; — deux sœurs desti-
nées à pleurer et à aimer ensemble — car,
qui n'a jamais pleuré, n'a jamais aimé !

Doña Béatrix, duchesse de *Puerto-Real*, a dû en savoir quelque chose.

Doña Béatrix était la fille unique du général Caro. — Le général Caro, militaire de race, et officier distingué, avait fait toutes les guerres qui ont ensanglanté le sol de l'Espagne, il s'était trouvé l'épée à la main partout où le roi et la patrie commandaient de s'en servir, et il s'en était loyalement servi. — Après la bataille de Puerto-Real, dont il était sorti victorieux, il avait reçu du roi, en récompense, la grandesse, avec le titre de *duc de Puerto-Real*.

La mère de Béatrix était morte en lui donnant le jour, et le général son père, absorbé par ses devoirs militaires, hors d'état d'ailleurs de surveiller l'éducation

12

de cette enfant, l'avait mise au couvent.—
Le couvent de *las Salezas* était alors le
premier de Madrid ; toutes les demoiselles
nobles y étaient élevées et pafaitement
élevées. — Toutes celles qui faisaient
alors leur entrée dans le monde, les
jeunes Santa-Cruz, Alcanises, Linarès,
Revilla-Quijedo, Corrès, Medina-Cœli,
Frias, en sortaient. — En ces temps,
les institutrices anglaises, françaises ou
autres n'étaient point connues : l'Espagne
était chez elle, fermée à toute influence
et mode étrangères, les couvents des
jeunes filles suppléant parfaitement à ce
qui se devait apprendre, et nulle n'aurait
eu l'idée d'aller demander à Londres ou
à Paris ce qu'elle trouvait chez elle.

Doña Béatrix passa donc toute son enfance à ce couvent. Elle s'y fit remarquer par une facilité et une capacité de toutes choses qui la placèrent parmi ses compagnes au premier rang.

Elle avait, outre une instruction complète, quelques talents d'agrément; la musique ne lui était pas étrangère, mais son goût principal la portait vers une autre branche de l'art proprement dit — son talent préféré, celui qu'elle devait cultiver d'une manière tout à fait magistrale, était la peinture. — Elle était dans la patrie des Murillo, elle avait donc ainsi sous les yeux les divins modèles qui devaient inspirer son pinceau.

Doña Béatrix demeura au couvent jusqu'à l'âge de quinze ans. — A cette époque, le général son père, qui était alors attaché au ministère de la guerre, la prit auprès de lui, et lui ouvrit la maison où la mère manquait. — C'était elle qui devait si bien la remplacer auprès du vieux père, comme auprès de tous les amis de cette famille, une des premières de Madrid.

Il faut bien dire ici ce qu'était déjà doña Béatrix à l'âge où elle devenait libre, et prête à se marier, si elle rencontrait celui qui lui était destiné.

Doña Béatrix était une personne de petite, mais agréable taille. Ses cheveux étaient d'un blond légèrement cendré, elle avait les yeux bleus, petits et baissés — le visage était ovale, le nez aquilin, la bouche petite, le sourire sur des lèvres minces et roses; son teint était celui des blondes, un peu mat et sans grandes couleurs.

Son air, sa tournure, sa démarche, sans être embarrassés, respiraient une certaine timidité, une certaine réserve; sa voix elle-même, douce toujours, était sans accent, à peine un léger murmure.

Quand une jeune fille a perdu sa mère, quand le conseil et la protection de la mère ont manqué à l'enfance et plus encore à la première jeunesse d'une jeune personne; il semble que cette personne, devenue grande, a plus besoin d'une certaine prudence, d'une certaine réserve, d'une certaine sagesse en toutes choses.

Seule au monde, c'est elle seule qui va gouverner la barque sur laquelle elle doit descendre le fleuve de la vie, la gouverner sévèrement, honorablement, sympathiquement, sans naufrage ou gros temps, — c'est elle seule qui, avant son mariage, va rester responsable de son avenir, — elle seule, en un mot, qui devra préparer sa vie et la présenter saine et pure à celui qui devra la partager.

Doña Béatrix se présentait ainsi dans le monde, prête à faire le sérieux et tranquille bonheur de l'élu de son cœur.

Des soupirants, il y en eut une foule dès la première heure.

Doña Béatrix, outre les avantages dont nous parlons, apportait une très grande fortune, fortune agrémentée du titre de duchesse de *Puerto-Real,* qu'elle devait donner à son mari.—En Espagne, les femmes apportent à leurs maris, dans leur corbeille, les titres dont elles ont l'investiture.

Les exemples en sont nombreux ; c'est

ainsi, par exemple, que l'ambassadeur
d'Espagne à Paris, qui s'appelait simplement M. Falco d'Adda, reçut en épousant
une demoiselle Fernan-Nuñez, le titre de
duc de ce nom, avec la grandesse, et qu'il
s'appelle aujourd'hui le duc de Fernan-
Nuñez, de par sa femme. — Il devait en
être ainsi pour le mari futur de doña
Béatrix Caro, elle lui apportait, dans sa corbeille, le titre de duc de Puerto-Real.

Une jeune personne agréable, instruite,
bien élevée, d'une grande situation, avec
un titre de duc à transmettre ; il y avait là
plus qu'il n'en fallait pour mettre aux
aguets toutes les ambitions, toutes les con-
voitises, peut-être tous les amours des
jeunes et nobles beaux de Madrid.

C'est en effet ce qui arriva.

XVI

A l'annonce de la nouvelle étoile qui se levait sur un ciel bleu, la maison du général fut bientôt ouverte, pleine, éclairée des mille feux des lustres et des soupirants. — Tout Madrid s'y fit présenter, les grands et les petits, les plus et les moins riches, tous ceux enfin de ces papillons qu'attire la lumière et qui voltigent autour d'elle.

Doña Béatrix se montra dès les premiers jours une vraie et délicieuse maîtresse de maison. — Sans mère et presque
sans père (car le général déjà bien fatigué
était bien peu du monde), doña Béatrix
savait suppléer à tout ce qui manquait,
avait pour tous le mot qu'il fallait, avait
pour tous le sourire qu'il fallait, et pour
personne ce qu'il ne fallait pas. — D'une
amabilité égale pour tous, on n'eût pu
alors trouver en elle la moindre préférence
pour qui que ce fût.

Il fallait cependant que cette situation
eût un terme, car tout dans la vie d'une
jeune fille doit avoir un terme, et ce terme
est le mariage.

On a beaucoup dit que les jeunes filles
ne doivent jamais épouser que celui

qu'elles aiment, cet axiome ne fut jamais
plus vrai qu'en Espagne. — Ailleurs, en
France par exemple, une jeune fille épouse
celui qu'elle connaît à peine, qu'elle a
rencontré au bal; elle épouse la situation,
elle épouse le nom, elle épouse la fortune,
se fiant à l'avenir pour aimer celui dont
elle ne sait que le nom; — en Espagne, en
ces temps du moins, une jeune fille n'épou-
sait que celui qu'elle connaissait, qu'elle
aimait et dont elle était ou croyait être
aimée, celui qu'elle choisissait!

Or, que fallait-il pour être aimé de la
charmante Béatrix? — fallait-il être riche,
non — noble, non — spirituel, non —
beau, non : — il fallait tout simplement
plaire.

Or, comment plaît-on? celui-ci plaît

par ses élégances, — celui-là par son
esprit, — celui-ci par ce qu'il dit, — celui-là par ce qu'il tait ; — celui-ci par ses
qualités, celui-là par ses défauts — oui,
par ses défauts ! — Les défauts ont, paraît-il, sur les femmes un certain attrait.
Elles ont l'ambition de les vaincre, de les
guérir par l'amour ! — C'est la plus noble
ambition de ce sentiment qui ne connaît
point d'obstacles, et qui toujours combat
avec l'espérance de vaincre ; — l'honneur
de ce sentiment qui pénètre dans les
cœurs les plus rebelles, les assouplit par
sa grâce, les attendrit par sa douceur et en
fait quelque chose de presque féminin,
même dans sa virilité ; — sentiment qui
est l'âme comme la consolation de toute
la vie, — celui que Béatrix portait en

son cœur, prêt à s'ouvrir devant celui qu'elle aurait choisi. — Abîme insondable du cœur de la femme.

Don Josè Alcaraz y Ponte était cet heureux.

Que dire, hélas, de sa jeunesse? — Elle avait été des plus accidentées. — Don Josè, lui aussi, était d'origine militaire. — Son père, colonel retiré, était fort considéré dans l'armée; il était un brave.

Cette famille était de Séville et c'est dans cette ville fameuse, aux bords du Guadalquivir, au milieu de tous les attraits d'une population insouciante et amoureuse, que don Josè avait fait ses premières armes.

Nous disons bien : ses premières armes, car il avait eu duels sur duels, et

13

avait sur sa conscience plus d'une mort
imméritée — il était querelleur, bretteur,
fort brave d'ailleurs; ne manquant point
d'amis, et d'amis dévoués. — De fortune,
il n'en avait point, l'épée de son père étant
le seul héritage qu'il eût reçu.

D'ailleurs aussi, il faut le dire, don José,
malgré toutes ses excentricités, malgré
tous ses défauts, ne manquait point d'un
certain charme, quand il voulait.— Il avait
plu, beaucoup plu dans son monde de
Séville, et nouvellement arrivé à Madrid,
présenté partout, il y venait faire ses premières armes de conquérant et d'homme
à la mode.

Don José était de haute taille, fort brun,
les sourcils, les cils, la moustache et la
barbe d'un noir d'ébène. — Sa démarche

était altière, un peu provocante, son regard
fier, il ne regardait pas comme tout le
monde, et il n'était pas comme tout le
monde; ce qui faisait qu'il était fort re-
gardé, fort remarqué, un peu craint, —
fort silencieux d'ailleurs, et comme portant en lui, en lui seul, le secret d'une
destinée étrange.

Don José n'avait pas plus parlé que
d'autres à doña Béatrix, mais il l'avait plus
que souvent regardée, fixée d'une singu-
lière façon. — Doña Béatrix s'en préoc-
cupa, s'en occupa, puis s'en inquiéta, —
la blessure était faite.

Une fois la blessure faite, Béatrix n'es-
saya point de la calmer, moins encore de
la guérir; le mal fit des progrès, les progrès que l'on sait, et un jour il fallut en

parler à celui qui remplaçait la mère absente, au vieux père.

Le vieux père, qui savait de la jeunesse
de don Josè un peu tout, tout ce que les
hommes savent et que les femmes igno-
rent; le vieux père, qui savait que don
Josè passait pour un assez étrange sujet,
qui savait de lui toutes ses escapades,
tous ses oublis, tous ses faux et nombreux
amours, toutes ses querelles, tous ses
duels, toutes les morts qui en étaient ré-
sultées, tout ce passé enfin qui répondait
si mal de l'avenir; le vieux père, disons-
nous, dès les premières ouvertures de sa
fille bien-aimée, parut surpris, étonné que
deux natures aussi dissemblables aient pu
avoir la pensée de se réunir, — à côté de
la réserve et de la modestie de sa fille, la

fougue et les emportements du jeune
homme, — à côté de la grande situation
de l'une, la petite situation de l'autre ;
c'était, comme il le disait dans son lan-
gage militaire et pittoresque, *l'eau et le
feu !* — deux choses qui se combattaient
et se combattraient toujours.

C'était justement ce contraste, cette
profonde dissemblance des deux natures,
des deux caractères qui, selon Béatrix, devaient faire le bonheur des deux ; — *l'eau,*
disait-elle, *éteindrait le feu,* et tout irait à
souhait.

On combattit longtemps, tout Madrid
s'occupa du combat, deux camps se for-
mèrent, toute la cour, toute la ville s'é-
murent ; enfin, un beau soir, doña Béatrix

13.

annonça qu'elle agréait don Josè et qu'elle le faisait duc de Puerto-Real.

L'eau devait-elle triompher du feu, là était le secret.

XVII

Les premières années du mariage furent heureuses.

Le bonheur, paraît-il, a quelque chose qui calme et assouplit les natures les plus rebelles, adoucit les aspérités, désarme les mains les plus rudes et les mieux armées. — C'est ce qui advint au nouvel époux de Béatrix. — En présence de cet ange de bonté, de douceur, et de dévouement à celui qu'elle avait choisi, il n'aurait pu en être autrement.

Et cependant, pourquoi a-t-il fallu, trop tôt hélas! que ce bonheur ne durât pas, pourquoi a-t-il fallu, qu'après ces deux fugitives années qui passèrent comme passe un bon rêve, l'orage soit venu tout à coup gronder au milieu de ce ciel d'azur, et la foudre, l'horrible foudre, frapper une innocente; puis bientôt tout anéantir de ce bonheur si bien rêvé, si bien compris, si bien venu et si vite envolé?

Pourquoi? parce que chez les égarés, chez les vicieux, chez les viveurs, nulle conversion n'est possible; — parce que, lorsque le mal les sollicite, ils y vont, ils y retournent comme par un secret et na-

turel et invincible instinct. — Alors on les
voit rentrer, comme des triomphateurs,
casqués du mal, dans ce monde informe
d'où ils n'étaient sortis que par occasion;
— alors et de nouveau, le vice, l'horrible
vice les attire, les étreint et les confisque
corps et biens; — alors, se lit en lettres de
feu sur toute leur personne cet adage qui
contient en même temps l'image et la
leçon : « *Qui a bu boira, qui a joué jouera!* »
— Pour ces natures perverses, le vice
n'est qu'une seconde et inguérissable nature. — Voilà pourquoi cette sorte de
conversion du duc de Puerto-Real n'avait
été qu'un fugitif rayon de lumière, pourquoi bientôt le duc était retombé dans ses
erreurs à peine oubliées.

C'est à cette époque justement, au com-

mencement de 1826, que celui qui écrit
ces lignes, devenu depuis près de deux
ans l'ami de la maison, a pu apercevoir
l'orage qui se formait, et assister aux premières scènes du grand drame qui va se
dérouler !

XVIII

Dans les fautes, quelles qu'elles soient,
il y a toujours un prétexte à invoquer. Les
prétextes servent à tout, ils enveloppent le
mensonge d'une sorte de voile qui, les
premiers temps, cache, plus ou moins bien,
plus ou moins adroitement la mauvaise
vérité. — Le duc avait trouvé assez ha-

bilement ce prétexte — on va voir comment.

La duchesse de Puerto-Real avait ses principales propriétés en Andalousie, près de Séville, d'où sa famille était originaire, comme celle du duc.

Ces propriétés consistaient particulièrement en immenses pâturages. — C'étaient les *ganaderias* renommées de *Vista-Hermosa,* dans lesquelles une herbe grasse et féconde nourrissait un nombreux bétail. — Dans ces pâturages, le duc élevait ces superbes chevaux andalous aux formes élégantes, les chevaux d'attelage et de selle, dont il fournissait tout ce qu'il y avait à Madrid de riche et distingué — c'est dans ces pâturages qu'il élevait aussi les grands et sauvages taureaux qui étaient destinés principalement aux courses de Madrid.

Le duc, dès son extrême jeunesse, avait été l'un des plus intrépides amateurs de ces combats fameux; nombre de fois, il avait même figuré lui-même dans les fêtes nationales qui se célébraient dans le cirque de Séville. — Il est d'usage, en Espagne, qu'à certaines occasions, à certaines époques à fêter, les hommes du monde remplacent les *toreros* habituels et tuent très vaillamment le taureau, comme un véritable *matador*. — Le duc avait été souvent de ce nombre et s'en était acquitté avec autant d'adresse que de bravoure.

Son goût ou plutôt sa passion pour tout ce qui regardait les taureaux, leur élevage, leur éducation était chose connue, il

14

s'y était fait une réputation, et de partout,
il était consulté.

Avec les propriétés importantes qui lui
venaient de sa femme, il avait pu donner
à cet élevage des proportions plus consi-
dérables, c'était lui qui s'était chargé des
courses de Madrid.

Il y avait alors à Madrid deux courses
de taureaux par semaine, en une certaine
saison, — dans chacune de ces courses, il
y avait à livrer six taureaux, on voit quelle
était l'importance de cette entreprise.

Le duc s'y était voué tout entier, c'est
lui qui dirigeait tout, choisissait les taureaux à fournir, lui-même aussi qui les
amenait à Madrid, aux jours fixés.

Aujourd'hui, les taureaux sont amenés
à Madrid, comme les moutons, par les

voies ferrées. — Arrivés après de longues heures, cahotés, ahuris, exténués, à jeun, ils ont perdu beaucoup de leurs forces. — Autrefois, il n'en était pas de même, les voies ferrées n'existaient point, la grande route à pied, seule était ouverte.

Et d'abord, on procédait au choix des taureaux — c'était une grande affaire.

A cet effet, un des *vaqueros,* des vachers, à cheval, armé de la *garrocha,* de la pique, avait à juger de la disposition de chaque animal — s'il fuyait, il était destiné à la boucherie; — s'il résistait, il était marqué de la *herradura*, du fer chaud, et proclamé *toro de muerte,* bon taureau pour mourir.—C'est vers l'âge de cinq ans que ces taureaux sont dignes d'être choisis.

L'un dans l'autre, chacun de ces taureaux revenait alors à 500 francs ; — aujourd'hui ce prix est presque doublé.

Pour amener ces animaux sauvages, il
y avait de graves précautions à prendre.
On choisissait un de ces grands bœufs
blancs, aux longues cornes, élevés dans le
même pâturage, *cabestros*, bœufs de tête,
et ces animaux, prenant la tête du trou-
peau, l'amenaient ainsi à Madrid, escorté
par les vachers à cheval, la pique au
poing. — Cette arrivée était une fête,
tous les vrais amateurs allaient à cheval,
bien loin, pour les attendre et juger, par
certaines marques, par la couleur du poil,
par la forme du corps, par l'ouverture des
naseaux, par l'expression de l'œil, du cas
qu'on devait en faire, et de l'importance

des paris qu'on pouvait établir sur tel ou
tel de ces animaux, — car, de même
qu'on parie aujourd'hui sur tel ou tel cheval de course, de même on pariait alors
sur la valeur de tel ou tel taureau, sur le
nombre de chevaux plus ou moins grand
qu'il tuerait, durant le grand combat.

L'arrivée des taureaux était donc alors
une fête, une fête à laquelle aucun des
amateurs n'eût pu manquer. — on s'y
rendait habituellement à cheval, à quelques lieues de Madrid, et on y déjeunait
dans une *fonda*, une auberge du lieu.
C'était comme l'ancien Chantilly de notre
vieux temps.

Le duc, naturellement, y était un des
premiers, c'étaient ses propres taureaux
qui allaient figurer dans l'arène, et il

14.

tenait dans ces spectacles fameux à demeurer un des premiers, comme on aime, de notre temps, à élever et présenter les meilleurs chevaux.

C'est une passion comme une autre.

XIX

La duchesse avait, comme de raison,
sa loge au cirque, la première à côté de
la loge royale, — cette loge ornée de ten-
tures de soie, fort élégante. — Elle m'en-
gagea à venir avec elle, nous partîmes
dans sa voiture.

La date de la course était justement
un anniversaire qui avait pour moi quelque

chose qui me rappelait la France — c'était l'anniversaire de la délivrance du roi, au Trocadéro, par l'armée française. — Ferdinand VII devait y venir en grand gala, les grands *matadors* devaient opérer.

Je n'avais jamais vu une course de taureaux, j'en avais entendu beaucoup parler, en mal surtout; j'avais beaucoup entendu blâmer tout ce qu'avaient de barbare et de repoussant tous ces chevaux tués, tous ces hommes blessés ou tués, tout ce sang versé et toutes les sauvages acclamations qui saluaient avec délire les vainqueurs d'une semblable boucherie; mais j'y croyais peu, et j'arrivais curieux avant tout, de ce spectacle vraiment approprié aux mœurs, aux goûts, aux préférences de cette vaillante nation qui ne ressemble à aucune autre.

La course était un dimanche. C'est habituellement le jour populaire, celui de tout le monde, grand ou petit, riche ou pauvre ; — pour y assister, on vend son lit, sa bague, et on y va — c'est une rage.

Ce jour-là, le soleil de Madrid brûlait jusqu'aux larges dalles de la rue Alcala, tout le monde était dehors, les piétons, les voitures, les chars, les calecins, tout allait courant, vers le lieu où s'élève le gand cirque au delà du Prado.

Dans les rues qui y conduisent, tous les cris, les chants, les grelots des mules empanachées, tous les vieux carrosses armoriés, les grandes livrées des gens debout derrière ; tout ce monde va à la course.

On arrive.

Le cirque offre un spectacle indescrip-
tible. Dix mille personnes y sont déjà. —
Là, il y a place pour tout le monde, là
tout le monde parle, crie, s'appelle, va,
vient, s'évente; — c'est la liberté dans sa
plus nationale et populaire expression.

Là aussi, le costume est, ou du moins
à cette époque, était strictement national.
Nul et nulle n'eussent osé y être autrement.
Toutes les femmes ont la mantille blanche
ou noire, avec le grand peigne dans les
cheveux, et la fleur rouge piquée sur cette
grappe noire et lustrée. Presque tous les
hommes ont la veste de velours, la culotte
courte, sur la tête le petit chapeau catalan
ou andalou, à gros pompons de soie
noire; c'est le costume national. Pour les

officiers, l'uniforme — pour tous les autres
à peu près, la cape ou le manteau légendaire, très peu à la française. — Dans les
loges, tout ce que Madrid compte de
riche, de noble, d'élégant, de connu.

Au milieu des gradins qui font face à
la loge royale, est dressé un autel, avec
cierges allumés. — Là est assis un prêtre
en surplis, prêt à donner les dernières consolations à ceux, heureusement bien rares,
qui pourraient succomber dans la lutte. —
Cet autel a été depuis supprimé et porté
dans l'intérieur du cirque, dans une pièce
réservée. — Les chirurgiens de service
sont là également, à leur poste, prêts à
tout événement. Le roi vient d'arriver. Il
est en uniforme de ses gardes, escorté
des grands officiers de sa maison. Un garde

du corps en uniforme de gala est de sentinelle de chaque côté de la loge. — A l'arrivée du roi, tout le monde est debout et découvert. — Le roi salue et il est applaudi.

On attend le commencement de ce qu'on appelle la *funcion*, le commencement de la course.

La cérémonie commence.

XX

A un signal donné, les portes de l'arène s'ouvrent et le défilé, ce qu'on appelle le *paseo,* commence.

Le défilé est la promenade offerte au public par tous ceux qui vont prendre part au combat. C'est la partie aimable de la fête, — tout y resplendit et y scintille de tous les ors et de toutes les broderies et de toutes les couleurs connues.

15

En tête marchent les *matadors* (de *ma-tar*, tuer), ce sont ceux qui donnent au taureau le coup fatal.

Les *matadors* sont les rois de la tauro-machie, ils ont élevé cette fonction jus-qu'à l'art. Ils sont richement payés, sont goûtés du public, de la noblesse, sont in-vités un peu partout; en un mot, ils sont les premiers acteurs de cette grande scène. On les appelle aussi les *spadas*, les épées, ces épées qui, au péril de la vie de ceux qui les tiennent, tuent si adroitement et si bien le taureau.

Cet art de la tauromachie date de 1614. — Il n'a fait depuis cette époque que des progrès. On cite des moines, le *fraile de Pinto* et le *fraile de San Lucia*, qui s'y étaient fait une réputation. La dynastie

des fameux *matadors* remonte, comme
celle des maisons souveraines, à des époques anciennes et connues; on cite au
nombre de ces rois, *Pepe Illo, Francisco
Guilhem, Romero, Montès, el Tato, Cucha-
rès, el Chiclanero* et aujourd'hui *Frascuelo*
et *Lagartijo*, les rois du jour.

Les matadors portent la veste de velours,
brodée d'or ou d'argent; le gilet de même
couleur, la culotte courte, les bas de soie,
les souliers découverts. Ils sont coiffés de
la *monterilla,* petit bonnet en velours noir,
chargé d'une grappe de pompons de soie
noire, — derrière la nuque, la *moña,*
espèce de chignon de soie noire attaché à
la *coleta,* petite queue qu'ils laissent pous-
ser. Ils sont éblouissants.

Viennent après eux les *banderilleros.*

Ce sont ceux qui, à un signal donné, plantent sur le cou de l'animal, avec une prestesse merveilleuse, des javelots de toutes couleurs, quelquefois enflammés.

Ils sont vêtus, comme les *matadors,* mais moins brillants, ordinairement de vestes et gilets de couleur claire, brodés, non plus d'or ou d'argent, mais de soie aux mille nuances chatoyantes. — C'est la partie souriante et gracieuse de la lutte, la partie des femmes.

Viennent après eux les *chulos*. — Les chulos sont une douzaine de jeunes gens, portant sur le bras gauche des capes de toute couleur, vertes, roses, jaunes rayées. — Lorsqu'il y a danger, ce sont eux qui jettent dans les jambes du taureau, ou dans ses yeux, pour les tromper et les aveugler, ces capes multicolores qu'ils reprennent aussitôt en se jouant. C'est aussi une partie agréable, par la vivacité de l'adresse.

Viennent enfin et à cheval les *picadors*. Les picadors sont des cavaliers, vêtus de peau jaune, tout entière garnie de son, les jambes armées de bandes de fer contre la corne du taureau. — Ils sont coiffés d'un large chapeau gris. — Ils tiennent à leur main gantée une longue lance armée d'une redoutable pointe d'acier.

Ce sont eux que le taureau attaque les premiers, eux sous lesquels sont presque toujours tués ou blessés les chevaux qu'ils montent. — Pour ces hommes d'ailleurs presque aucun danger, les chulos, avec leurs longues capes, étant toujours

15.

assez lestes pour éloigner le monstre, s'il menace.

Toute cette *cuadrilla*, revêtue de riches costumes, est la fête de tous les yeux. — Les vives couleurs du caprice et de la fantaisie y jouent un rôle tout à fait charmant.

Enfin derrière cette *cuadrilla*, les trois mules empanachées, garnies de glands rouges et de plaques de métal, celles qui, après la mort du taureau, doivent entraîner au galop hors de l'arène — froid et sans vie, celui qui, tout à l'heure, vient de donner tant de peine à ceux qui l'ont combattu, au péril de leur vie !

Après le défilé, et l'arène étant libre, s'avance un homme à cheval. Il est vêtu de noir, porte le chapeau à plume noire

et la fraise, la *golilla*, du xvie siècle. —
C'est l'alguazil.

Il s'arrête au pied de la loge où siège
l'autorité et demande la clef de la prison
noire, du *toril*, où est enfermé le taureau.

La clef lui est jetée, il la remet à celui
qui doit ouvrir la fameuse porte, et il
s'enfuit au galop, accompagné des huées
et des sifflets du public. C'est un usage
un peu séditieux, mais c'est un usage légendaire, on en rit et le silence se fait, un
silence morne et complet.

C'est le moment solennel, le taureau va
sortir.

XXI

Les gros verrous de la porte du *toril*
grincent, les portes s'ouvrent, et un animal énorme sort effaré. — Il s'arrête.

Il est de poil fauve, ses cornes sont
courtes et aiguës, ses pieds fins, sa poitrine large, ses yeux grands, menaçants
et fiers. — Il porte sur le garrot, attaché
par une pointe d'acier, un flot de rubans;

ce qu'on appelle *la divisa*, à la couleur de la *ganaderia*, du pâturage qui l'a fourni ; cette fois, il était bleu et blanc, la couleur de *Vista-Hermosa*, celle du duc de Puerto-Real. — La bave sort de sa bouche, il pousse un beuglement terrible.

Devant ces dix mille figures qui le regardent, au milieu de ce morne silence qui annonce du sang, il hésite, puis, sur sa gauche, il a aperçu quelque chose qui fixe son regard — il s'y précipite ; — ce sont les deux *picadors* qui l'attendent ; — ils sont là, postés près la porte du *toril*.

Le taureau aussitôt attaque le cheval du *picador*, mais ce dernier l'arrête en lui enfonçant sa lance dans le poitrail. — Le taureau, alors, furieux, y revient et avide de sang, il a presque toujours, avec sa

terrible corne, tué un ou deux chevaux. —
Ce jour-là, le premier taureau en avait tué
jusqu'à trois. — Quant au *picador*, tombé
sous ses chevaux, il n'avait eu aucune
blessure, les chulos, attentifs au moindre
mouvement de l'animal, l'avaient détourné,
et le picador avait pu remonter immédiatement d'autres chevaux.

Le duc, qui était dans la loge avec la
duchesse et moi, rayonnait, c'était un de
ses bons taureaux — tout le monde battait
déjà des mains.

La trompette sonnait bientôt après l'attaque des *banderilleros* par les javelots.

Ces jeunes gens, au joli costume, plantent sur le col du taureau leurs javelots
enrubannés, avec tant de légèreté qu'ils ne
peuvent qu'exciter les plus joyeux applau-

dissements; — ils plantent ces javelots, souvent si près de l'animal, qu'ils touchent presque sa corne, cette distance n'excède point quelquefois vingt-cinq centimètres; ils sont fort goûtés, surtout par les femmes, c'est la partie souriante de la pièce. Cette partie ne dure pas, malheureusement, bien longtemps, et bientôt la trompette a sonné de nouveau, c'est le dernier appel, l'heure de l'exécution suprême de l'animal, — la mort.

Alors, tout a changé dans cette arène; — au lieu des cris et des joies, un silence majestueux s'est fait.

Au milieu du cirque, paraît alors un homme seul, le *matador*.

Il tient de sa main gauche un petit drapeau rouge, la *muleta*, sorte de leurre,

l'*engaño,* avec lequel il trompe le taureau,
et lui fait ce qu'on appelle *los pases de la
muleta,* les passes du drapeau. — Il porte
dans la même main gauche une longue
épée, il a la tête couverte.

Il se dirige immédiatement vers la loge
de l'autorité (ce jour-là, la loge royale),
et là, se découvrant et d'un geste élégant
et hardi, jetant sa coiffure, sa *monterilla,*
par-dessus la balustrade ; il jure de ne la
reprendre que lorsqu'il aura tué le taureau.

Moment solennel.

Il est là, le maître suprême — il com-
mande du geste et du regard à tous les
chulos, qui, leurs capes à la main, sont
prêts à lui venir en aide.

Alors, il marche droit au taureau, il est

16

face à face avec l'animal. — De la main gauche, il tient son drapeau rouge, de la droite, il a saisi sa longue épée: — il fixe l'animal, le tâte — l'essaye — le trompe. — A plusieurs reprises, il lui présente son drapeau rouge, le tient, le quitte, l'amorce, le tient encore au bout de son épée, puis enfin, après l'avoir ainsi quitté, repris, défié, — quand le monstre écumant et furieux se précipite sur le *matador*, et lui tend l'épaule gauche; alors celui-ci, l'œil et le poignet fixes, lui plonge sa longue épée dans le cœur.

Lutte redoutable et difficile, dans laquelle beaucoup échouent, se reprennent à plusieurs fois; dans laquelle seuls les maîtres tuent le taureau sans qu'une seule goutte de sang s'échappe de leur bouche — le cœur lui-même a été percé.

Une fois le taureau tué, le matador est couvert d'applaudissements. C'est une rage — on lui jette tout ce qu'on a sous la main, des oranges, des cigares, des chapeaux, quelquefois des bracelets et des épingles.

Alors, apparaît celui qu'on appelle le *cachetero*, — celui qui, avec un petit poignard, fait comme un large grattoir, enfonce cette lame entre les cornes du taureau et l'achève.

Immédiatement, arrivent trois mules empanachées, attelées de front. — Elles entraînent au galop le pauvre animal. tout à l'heure si plein de vie! et six taureaux sont ainsi tués successivement, dans chaque séance.

Ce spectacle, unique au monde, a quelque chose qui vous surprend d'abord, puis qui bientôt vous tient et vous captive. — Ce que sera cet animal redoutable, quelles ruses, quel courage il déploiera, combien de chevaux il tuera, — comment les picadors et les banderilleros l'auront combattu — comment le matador aura trouvé le moment de lui percer le cœur : tout cela, tous ces détails, tous ces accidents de la lutte, mobiles, imprévus, jamais les mêmes, tous subordonnés au caractère, à la nature de l'animal, à l'adresse, à la dextérité, au courage des combattants, à la réputation du matador ; tout cela émeut et frappe.

Le grand moment, celui où un homme se trouve seul, face à face avec ce monstre

redoutable, furieux, blessé, jetant par les
naseaux le sang et le cri de la mort ; —
ce moment où l'on voit la lutte suprême
du courage d'*un seul* avec ce monstre a
quelque chose qui vous pénètre, vous at-
tache et vous remue tout entier. — On va
aux taureaux la première fois par curiosité, — la seconde avec un certain intérêt — et plus tard, on y reste tellement
impressionné que l'on ne peut plus s'en
passer.

Ce spectacle est d'ailleurs dans les
mœurs et les instincts de ce peuple hardi et
vaillant ; j'y suis retourné bien souvent,
toujours avec un nouvel intérêt.

On a compris d'avance pourquoi le
duc qui s'était chargé de fournir, de sa
célèbre ganaderia de *Vista-Hermosa*, près

16.

de Séville, tous les taureaux du cirque de Madrid, avait hâte d'y retourner souvent, plus que souvent.

Toutefois, faut-il déjà dire que ces absences n'étaient qu'un prétexte, — il y avait un autre motif.

XXII

Le duc de Puerto-Real, dans sa chère ville de Séville retrouvait librement la vie qu'il avait jadis menée à si grand fracas; là, il retrouvait tous les souvenirs d'autrefois à peine oubliés, tous les amis, tous les compagnons de table, de théâtre, de débauche; là, il retrouvait toute cette population de jeunes et jolies filles qui ne connaissent de la vie que deux choses, la danse et l'amour. Là, enfin, il se retrouvait jeune, beau, riche surtout, généreux; la main, l'œil et la bourse toujours ouverts, — un de ces Figaros propres à tout, prêts à tout et le plus adoré des ducs.

On s'explique dès lors pourquoi, désertant déjà la maison, le nid si doux où la plus douce des compagnes l'attendait et l'aimait, tel qu'il était; il habitait presque toujours Séville.

Le prétexte de ces absences n'était pas le vrai; les taureaux à fournir au cirque de Madrid ne demandaient pas de semblables absences, il y avait autre chose.

Oui, hélas, il y avait autre chose.

Dans la vie de débauche il y a quelque

chose ou quelqu'un qui de tout temps a joué le grand rôle, — c'est la femme.

Le duc, trop vicieux au fond, pour se convaincre que la sienne était un ange, son bon ange, eut bientôt oublié ce qu'il se devait à lui-même, eut bientôt, hélas, fait un choix et quel choix !

Les Andalouses en général et les femmes de Séville, surtout, ont un charme parti-culier que nulles ne sauraient leur dispu-ter. — Les yeux bien fendus et bien noirs, la bouche ouverte à des dents de nacre, des cheveux qui tombent jusques à terre, le teint mat et bistré, la taille opulente et lascive, les pieds et les mains finement atta-chés, le jambe provocante; elles ont dans la tournure, la démarche, le regard ce quelque chose de voluptueux qui interroge, et demande la réponse — de plus, elles marchent comme personne, elles dansent comme personne, elles aiment comme personne, c'est la passion et l'amour des sens personnifiés; c'est enfin, avec ces sirènes, l'oubli de toutes choses.

La Sévillanne, dit un quatrain andalou, a dans sa mantille deux mots qui disent d'où elle sort :

> Tiene la sevillana
>   En su mantilla
> Un Letrero que dice
>   Viva sevilla.

Ce n'est point seulement dans certaines classes plus élevées que l'on rencontre à Séville ces étranges et délicieux types, c'est principalement dans les classes du peuple, et à chaque porte, sur chaque

place des faubourgs de *Triana* et de la
Macarena, nul ne s'étonne de voir drapée
dans un haillon troué quelqu'une de ces
belles filles que Séville seule pare et en-
gendre, jusque dans la misère.

C'est là aussi que ce pauvre duc avait
trouvé ce qu'il cherchait encore.

Il y a à Séville un établissement considérable, dans toutes les Espagnes, qui
s'appelle la fabrique de cigares. — Cet
établissement date de 1537. — Il est de
style rocaille — sur sa façade et au sommet est la statue de la Renommée em-
bouchant la trompette, comme si elle an-
nonçait au monde la grande renommée
des tabacs d'Espagne.

4,000 femmes y travaillent sous des
noms divers à la confection de ces cigares

qui vont courir le monde, comme ceux de la Havane, dont ils sont une imitation parfaite.

La *cigarrera* de Séville est un type. On a fait sur elle toutes les chansons que gratte la guitare, elle est leste, abandonnée, lascive, la volupté sort par tous ses pores.

Son costume prête à tous ses succès, à tous ses charmes, elle le porte avec une crânerie sans pareille. La chanson dit :

> Con la serga malagueña
> Mas gorpe doy en seviya
> Que toita una señora
> Con sombrero y papalina.
> Cuando voy por esas cayes
> Con ha mantiya y tira
> No hay ojos que no me miren
> Ni corazon que resista.

« Quand je vais par les rues avec ma mantille de *tira* (mantille fond de soie bordée d'une large bande de velours) je fais plus d'effet dans Séville qu'une grande dame avec son chapeau ou son bonnet, et alors, il n'y a pas d'yeux qui ne m'admirent, ni de cœur qui me résiste. »

Le cœur du duc était de ce nombre. C'est en fouillant dans ces faubourgs, à Triana, dans un misérable petit bal de *candil*, un bal de chandelles, qu'il avait découvert la merveille, qui va être, sans le vouloir assurément, la cause de si grands événements.

Rosita (c'était son nom) était cigarrera. Dès sa plus tendre enfance, elle n'avait jamais connu de la vie que le tabac, que la feuille de la Havane à rouler dans ses

17

petits doigts, puis elle avait avancé en grade et était devenue comme la générale de sa petite armée en jupes courtes.

Rosita savait aussi toutes les chansons du pays, les *seguidillas*, les *boleras*, les *decimas*, et elle chantait d'une jolie voix, expressive et accentuée.

La danse, elle les dansait toutes et avec quelle grâce. — Le *bolero*, le *fandango*, la *pavana*, le *paspiè*, la *sarabande*, la *pipironda*, le *zapateado*, rien ne lui était inconnu. — C'est avec cette grâce, cette rondeur de formes, cette lascivité des yeux et du corps, cette indécence de certain mouvement; qu'à tous les yeux, elle se montrait presque nue, quoique habillée. — Jamais, non jamais, sa jupe n'était levée assez haut : « *alza morena* », lui criait-

on toujours, *lève, lève encore!* et elle levait,
et elle était adorée de tout ce petit monde.

A ses quinze ans, elle avait eu sa première robe et elle avait planté dans ses
longs cheveux sa première rose, puis elle
s'était regardée dans son miroir et s'était
trouvée une jolie fille.

Peu à peu, promptement (car en
Espagne, la fleur se développe du jour au
lendemain), elle était devenue quelqu'une,
quelqu'une de très appétissante.

Bientôt les amoureux étaient arrivés,
bientôt aussi, elle en avait changé comme
de saison, et était devenue, dans ses infidélités même, à cause de ces infidélités,
la cigarrera à la mode.

Au moment dont nous parlons, Rosita
venait d'avoir ses dix-huit ans. Elle était

ce qu'on appelle en espagnol une *arro-
gantè mosa ;* littéralement une arrogante
fille.

Dans le vrai sens du mot, Rosita était
alors une grande et forte fille, majestueuse, fière, aux longs cheveux, au corps
souple, aux seins droits et fermes, à la
jambe moulée — dans ce corps, dans
cette démarche, tout ce qui attire les
hommes, les fascine, tout ce qui respire
l'impudeur; — dans le regard, tout ce qui
dit fièrement qu'elle n'appartient qu'à celui
qu'elle a choisi et pour le moment où elle
l'a choisi.

Sur le poignard qu'elle porte à sa jar-
retière, sont gravés ces mots :

« *Soy defensora de mi dueño solo y
viva !*

« Je défends seule mon maître, qu'il vive ! »

Rosita, jusqu'à ce jour, célèbre par ses infidélités avait donc été à tout le monde, mais jamais à un duc.

Être à un duc jeune, riche, fort beau et fort bon vivant, c'était un rêve à réfléchir. — De son côté, et pour le duc, posséder à lui tout seul un tel trésor, le gâter, le montrer, lui mettre aux bras et au col tous les colliers, lui mettre au corps tous les satins ; c'était une folie, mais une de ces folies auxquelles succombe un mari, quand il a perdu ce qui lui reste de raison, quand il est aveugle ou aveuglé.

C'est ce qui arriva.

Enivré de sa possession, ne pouvant, ne voulant à aucun prix se séparer de sa

17.

conquête, le duc fit ce qu'on ne fait point et fou de cette folie qui ne connaît plus rien que son objet, il enleva Rosita et l'emmena à Madrid.

Là, il donna à sa maîtresse tout ce qu'on donne; il l'installa dans un somptueux appartement de la rue Alcala, lui donna une maison; — on la vit dans toutes les rues dans la *caleca* la plus élégante, et la mieux attelée de superbes chevaux andalous, — on la vit au théâtre dans une loge, meublée pour elle, vêtue des plus riches toilettes, aux courses, aux théâtres, étalant son impudeur; — puis quand tout cela fut bien installé, le duc rentra (non sans quelque fierté, le malheureux!) dans le palais où il retrouvait, le sourire aux lèvres, son ange de femme!

Ce scandale ne put rester longtemps
secret — à Madrid, comme partout, tout
se sait et lorsqu'on vit la cigarrera de
Séville étaler un tel luxe, on eut bientôt
tout deviné.

La bonne duchesse fut la seule d'abord
à l'ignorer, mais bientôt cependant la
vérité transpira, et l'épouse outragée sut
tout.

XXIII

La duchesse dans sa douce bonté,
dans cette constante bienveillance qui jamais ne l'abandonnait, n'eut alors au
cœur que l'une de ces blessures passa-
gères qui se guérissent par le pardon —
elle attendit du temps cette guérison et
resta pour son mari la plus tendre des
épouses.

Ami de la maison, je ne fus point naturellement un des derniers à savoir et à
voir ce qui se passait, — je voyais chaque
jour, tous les soirs, à chaque moment le
mari et la femme, j'admirais l'une et je
plaignais l'autre lorsqu'au bout de quelques mois, vint éclater dans ce ménage
irrégulier du duc et de la belle Rosita, un
horrible événement : un *scandale* et un
crime.

LE SCANDALE.

Rosita venait de mettre au monde un
enfant, une petite fille.

Désolée, affolée, elle se tint à peu près
tranquille, durant les premiers moments;
mais bientôt on vit et on entendit éclater
entre Rosita et son amant des querelles

sans fin, des querelles qui toutes avaient trait à ce malheureux enfant. Sous aucun prétexte, Rosita ne voulait, ne pouvait, disait-elle, le garder auprès d'elle, — il fallait trouver un moyen de l'éloigner, de s'en débarrasser à tout prix et c'est sur ce moyen que, sans cesse et chaque jour, naissaient et renaissaient ces indignes et affreuses querelles, qui d'ailleurs n'étaient un secret pour personne ; tant elles étaient presque publiques.

Si on ne trouvait pas ce moyen d'éloigner d'elle cet enfant, Rosita, dans son implacable et folle fureur, menaçait d'un scandale, pire que tout ce qui s'était vu. — Elle menaçait de porter elle-même l'enfant chez le duc, chez la duchesse, et de l'y abandonner.

Comme on ne put, paraît-il, s'entendre ni d'un côté ni de l'autre, Rosita se décida.

Un matin, il était huit heures, Rosita arrivait chez le duc dans une voiture de place, portant sur ses bras cette petite fille, bien enveloppée de l'une de ces étoffes élégantes et voyantes qu'on fabrique à Séville. — Elle entra et demanda la duchesse.

La duchesse était sortie pour aller à la messe — elle demanda alors le duc — le duc était sorti pour aller au cirque des taureaux, régler la course qui devait avoir lieu, le lendemain dimanche. — Des taureaux fameux étaient arrivés de sa *Ganaderia* de Vista-Hermosa, il était allé les reconnaître.

Rosita, alors, en l'absence du duc et
de la duchesse, déposa sur un canapé du
salon cette pauvre enfant :

« *Vous direz à madame la duchesse*, re-
commanda-t-elle aux gens, *que c'est de
la part de Rosita, — la fille du duc.* »

Puis elle repartit dans le même fiacre
qui l'avait amenée.

La duchesse rentra la première — on
lui dit tout, elle ne s'en montra ni éton-
née, ni courroucée, — elle savait déjà et
depuis trop longtemps, hélas ! ce qu'était
son mari, et offrant ce nouveau scandale
à Dieu qui, comme elle, pardonne tant de
choses ; elle recommanda de donner à
cette pauvre et jolie petite créature, tous
les soins de la mère, qui manquait.

Le duc rentra à son tour, trouva chez

18

lui cette innocente petite fille, et saisi de honte et de fureur, il donna l'ordre de la reporter immédiatement à Rosita. Ce qui fut fait. Après le scandale, *le crime*.

LE CRIME.

Que se passa-t-il alors? — Nul ne l'a bien su, mais ce que tout le monde a su, c'est que quelques minutes après le renvoi par le duc de cette enfant, Rosita, irritée, enragée, affolée; Rosita, ayant tout à coup perdu tout sens, tout cœur et toute pudeur, avait, — la malheureuse, — de ses propres mains, — étranglé son enfant.

Après ce crime, Rosita s'était enfuie. — Elle avait pensé qu'à Séville, chez elle, au milieu des siens, elle serait plus à l'abri des recherches de la justice ; et, comme elle avait pu, déguisée, travestie, elle était arrivée à Séville, dans son faubourg de *Triana* et s'y était cachée.

En ce temps, la justice et la police étaient assez mal servies, aussi Rosita put-elle passer ainsi presque des mois sans être découverte.

Mais, un hasard, — le doigt de Dieu peut-être, — devait bientôt avoir raison de celle qui n'avait pas craint de mettre à mort sa propre fille.

Rosita ne sortait jamais le jour, le soir seulement elle sortait, mais déguisée ; — elle était habillée en homme. — Avec sa grande taille, la *capa*, le manteau lui allait à merveille, dissimulait ce qui aurait pu faire reconnaître son sexe, et sur sa

tête, un grand chapeau à larges bords
achevait très adroitement ce déguisement.

Or un soir, Rosita, ainsi affublée, sortait pour se rendre à un petit bal de
candil, dans une des rues les plus reti-
rées de son faubourg, lorsqu'à l'entrée de
ce bal, une dispute ayant éclaté entre elle
et un grand *majo,* un grand élégant plus
pressé qu'elle d'entrer; ce dernier tira de
sa ceinture un couteau, et en blessa Rosita
au bras.

Le sang coulait en abondance et Rosita,
qui s'était trouvée mal, était tombée.

On s'était aussitôt empressé, on l'avait
déshabillée et on avait découvert que ce
prétendu cavalier n'était autre qu'une
femme!

La police était aussitôt arrivée, pour

constater le meurtre, et Rosita, ainsi reconnue, avait été immédiatement incarcérée.

Ramenée à Madrid, elle y fut bientôt jugée, et condamnée au dernier supplice, elle avait étranglé son enfant, la peine était la même, le *garroti*, elle devait être étranglée, supplice ordinairement réservé à certaines classes de criminels. L'exécution devait avoir lieu à Madrid.

Le jour du supplice de Rosita ne sortira jamais de ma mémoire.

Rosita extraite de la prison du *Saladero*, en sortait vers les huit heures du matin, c'était en avril. — Tout Madrid était sur pied, les rues par lesquelles devait passer le funèbre cortège étaient bondées d'une foule haletante et furieuse, les

18.

femmes y étaient en plus grand nombre,
bien des visages connus du grand monde
s'y étaient mêlés; les menaces, les colères
n'y étaient point épargnées, le nom du
duc de Puerto-Real était dans toutes les
bouches, il était accusé et injurié presque
autant que la criminelle — toutes les
troupes, infanterie, cavalerie étaient sous
les armes, essayant à grand'peine de main-
tenir l'ordre dans ce funèbre défilé !

Les portes de la prison ouvertes, Rosita, la belle fille de Séville parut. — Elle
était vêtue de noir, un grand voile qui lui
couvrait la tête, descendait jusqu'à terre,
— elle avait les deux mains liées par derrière, elle marchait pieds nus.

Elle était accompagnée par les frères
de la charité, en longues robes dont le

capuchon retombant sur le visage et ouvert aux yeux par deux trous cachait à tous qui ils étaient, — et ils étaient de tous les mondes, — du grand surtout.

Un prêtre, le crucifix à la main, exhortait la condamnée et récitait, avec elle les dernières prières.

Le trajet du *Saladero* à la place de l'exécution (la place de *la Cebada*) est long — il fut partout marqué par les menaçantes imprécations d'une foule en délire.

Arrivée au pied de l'échafaud, Rosita en franchit vivement les trois degrés. — Le bourreau alors, vêtu d'un long manteau noir, coiffé d'un large chapeau, sur la ganse duquel était une petite échelle en argent; le bourreau saisit la condamnée et l'assit sur le fatal tabouret, derrière lequel à un long poteau est attaché le collier de fer, qui va s'ouvrir pour étreindre le col de Rosita; puis il lui lia les pieds.

Ces tristes préparatifs accomplis, le prêtre commença la dernière prière, et à un des versets convenus, le bourreau serra la vis suprême, la justice des hommes était accomplie! — restait celle de Dieu, pour celles qui tuent leurs enfants.

Puis, on abaissa sur cette tête, tout à l'heure encore si fine, si blanche et si belle, un voile noir, et Rosita, comme c'est l'usage, demeura ainsi toute la journée exposée à la curiosité, comme à la colère publique.—Tout Madrid y défila, vieillards, femmes, enfants, en groupes serrés, cu-

rieux et houleux, tous accusants et indi-
gnés.

Le soir, les frères de la charité recueil-
lirent le corps et le portèrent secrètement
dans le coin du cimetière réservé aux
suppliciés.

On a jugé d'avance du scandale public
qui résulta de cette exécution. — Le duc
y perdit le très peu de considération que
son grand nom lui conservait à peine, on
cessa de se voir, la maison de la duchesse
se ferma.

La prédiction du père s'était accomplie ;
l'*eau* et le *feu* n'avaient pu s'entendre, le
feu avait tout dévoré.

Cependant la duchesse outragée par
celui-là même à qui elle avait tout donné,
même son amour, — outragée par

la malheureuse qui, après avoir tué l'enfant de ses tristes amours, venait de périr sur l'échafaud; — la duchesse, ne s'était point encore départie de cette sorte de compassion qui pardonne toujours, et elle avait encore presque pardonné.

Tout au contraire, le duc, dans sa détestable nature était loin d'être touché d'une si adorable abnégation. — Il n'aimait point à être *pardonné,* il était honteux, irrité de tout ce qui était arrivé : il était de ceux (et il en est) qui lorsqu'ils se sentent coupables, n'ont qu'une seule idée « faire retomber sur d'autres le poids et la honte de leur propre faute » et qui, pour cela, inventent quelque absurde aventure qui les excuse.

Que trouva donc à inventer le criminel
époux, et sur qui vont tomber les premiers coups d'une vengeance mensongère?

Le duc chercha longtemps et à la fin il
trouva.

XXIV

Parmi les nombreux visiteurs habituels de la duchesse, il y avait avec moi un jeune capitaine d'état-major qui fréquentait très habituellement la maison.

Don Enriquè Sandoval avait été d'abord l'aide de camp du général, père de la duchesse — aujourd'hui, il était attaché au ministre de la guerre en qualité de se-

19

crétaire intime, et il avait trouvé tout simple de regarder comme sienne la maison
de la fille de son ancien général. — Il y
venait donc souvent, était de toutes les
soirées, de toutes les parties de spectacle et
autres avec la duchesse — c'était un ami.

Resté complètement étranger à tout ce
qui se disait et se passait, il était poli,
affectueux vis-à-vis de la duchesse qui,
de son côté, le trouvait un jeune homme
agréable.

On est un jeune homme agréable, sans
être un amoureux. Les amoureux ont de
tout autres manières. Ils sont de la couleur du temps et de la couleur de leurs
amours ; mobiles, irréguliers, inégaux —
— un jour riants, un jour désespérés —
un jour doux, un jour furieux. — Le

jeune Enriquè n'avait point de semblables humeurs. — Il n'aimait point la duchesse d'un autre sentiment que celui d'une affection respectueuse et je crois être assuré que la duchesse n'avait pour lui que ce même et innocent sentiment ; sentiment permis, qui s'appelle l'amitié et jamais autrement.

Eh bien, c'est ce sentiment si indignement défiguré par un mari infidèle et irrité qui vint inspirer à ce monstre (il faut dire ce mot déjà) l'ignoble et première vengeance qui déshonora sa vie.

Il prétendit et répandit partout que s'il avait pris une maîtresse, c'était son droit, sa femme, de son côté, ayant publiquement un amant ; et cet amant étant le jeune capitaine Enriquè Sandoval.

Dès lors, ce jeune homme fut voué par lui à une mort certaine.

D'abord et au moyen d'un espionnage, payé à prix d'or, tous les gens de la maison du duc eurent pour mot d'ordre de lui rendre compte jour par jour, heure par heure, de tout ce qui arriverait, — toutes les lettres adressées à la duchesse furent lues, tous les tiroirs les plus secrets furent fouillés, tous les visiteurs signalés.

Le jeune Enriquè surtout fut l'objet d'une surveillance toute spéciale : on ne le quittait ni jour ni nuit, on le suivait partout, on savait tout ce qu'il disait, presque ce qu'il pensait et, faut-il ajouter, sa vie si saine et si honnête n'offrait même pas les quelques oublis passagers du jeune âge.

Enriquè, dévoué à ses devoirs militaires, s'y consacrait tout entier. *L'alter ego* du ministre, c'était lui qui était chargé des secrètes confidences qu'on fait faire par un autre et qu'on ne peut ni dire ni écrire; — c'était lui qui, revêtu de toute la confiance du ministre de la guerre, parlait et répondait en son nom.

Enriquè était donc le plus innocent des hommes, mais il fallait à ce duc un coupable, il lui fallait pour excuser sa propre et grande faute, un amant de sa femme, une infidélité de sa femme! Ce fut alors sur Enriquè qu'il médita son premier crime et déchargea sa première vengeance.

Lorsque je dis que ce fut sur le jeune officier que le duc déchargea toute sa vengeance, je me trompe; le duc, en pré-

19.

sence de ce jeune homme innocent, n'eut
même pas le courage de se faire justice
lui-même ; il s'adressa à un autre et en
ces temps, cet autre se trouva, sans dif-
ficulté.

XXV

Il existe, de par le monde, certains êtres
qui n'ont d'autre état que de servir les
rancunes, les griefs ou les haines d'au-
trui — ces êtres qui vivent à l'aventure,
ne sont point gênés sur les motifs de la
querelle à faire, ils les trouvent facilement
et à propos de tout. — Ils sont habiles

au maniement des armes, possèdent certains coups dont ils ont le secret, et dans
leurs duels, toujours vainqueurs, ils man-
quent rarement leur adversaire.

Ces êtres qu'on appelle des *spadassins*
sont grassement payés — ils ont servi plus
ou moins dans toutes les guerres civiles de
leur pays, s'y sont même souvent distin-
gués, et certains portent alors sur leur
poitrine quelque croix ou médaille qui
rappelle ces hauts faits de hardis partisans.

C'est à un de ces hommes que le duc,
soigneux de son propre sang, s'était
adressé — il avait bientôt et moyennant
beaucoup d'or trouvé l'homme qu'il lui
fallait et lui avait donné le mot.

Celui-ci devait, sous un prétexte quel-

conque, même mauvais, chercher querelle
au jeune Enriquè et le tuer.

Il fut fait comme il avait été convenu.

Un soir, dans un café de la Puerta del
Sol, le spadassin rencontra Enriquè. Sous
un vain et futile prétexte, il lui chercha
querelle — de là, soufflets donnés par le
spadassin, et combat à mort, — j'ai dit,
bien à mort; car le lendemain, derrière le
Retiro, un corps gisait à terre; c'était celui
de Sandoval, percé au cœur par un affreux
coup d'épée.

La vengeance du duc était complète,
l'amant de sa femme, disait-il, était tué!

Cette mort fut pendant de longs jours
l'occupation de tout Madrid, de toute la
société surtout. — On devina facilement
d'où venaient l'ordre et la vengeance, et

la situation du duc n'en devint que plus mauvaise.

Ce n'était qu'un prélude. Le duc, dès le lendemain, voulant savoir par lui-même, par le côté intime et mauvais de lui-même, ce que la pauvre duchesse allait penser de cet événement, voulut le premier le lui annoncer, face à face, et en déduire ce qui lui restait à faire, dans l'avenir. Horrible nature qui comptait sur une si triste et si naturelle impression, pour découvrir ce qu'il savait n'avoir jamais existé!

Entrant donc, à l'improviste, dans la chambre de sa femme, qui le recevait le sourire aux lèvres; il lui racontait point par point tout ce qui venait d'arriver, lui parlait froidement des derniers moments de Enriquè, de ses derniers adieux à sa mère, à tous ses amis au nombre desquels la duchesse avait été nommée ; fixait, observait, interrogeait sa douce victime ; et n'avait pu obtenir que l'expression si naturelle, si simple et si bonne de celle qui ne pouvait que pleurer sur la triste fin d'un des amis les plus assidus et les plus aimés de la maison.

Cette fois donc, la vengeance de cet infâme mari avait manqué son effet, elle était incomplète.

Dans sa rage secrète il s'en réserva une autre qu'il chercherait, et qu'il trouverait. Il accomplirait ainsi l'infâme projet d'une double vengeance, d'un double crime.

XXVI

Cependant peu à peu et comme toutes
choses en ce monde, la mort de Rosita et
celle du capitaine Enriquè s'effacèrent et
la vie plus retirée de la pauvre duchesse
continua dans une sainte compassion de ce
mari, qu'elle aimait cependant en dépit
de toutes ses erreurs et que, dans son
inaltérable douceur, elle défendait même

lorsqu'il était attaqué devant elle. Les saintes
sont ainsi faites, plus la faute est grande,
plus grande est la miséricorde et le pardon n'a été inventé que pour le cœur de
la femme.

Béatrix était de ce nombre. Jamais ni
un reproche, ni un blâme n'eût pu sortir
de ses lèvres ; son mari, son affreux mari
était défendu, pardonné, aimé comme aux
premiers jours de cette fatale union.

La duchesse donc, comme aux premiers
jours aussi, s'était reprise à ses travaux de
peinture. Nous avons dit qu'elle y avait
goût et succès — peindre était sa passion
et cette fois, elle avait bravement entrepris
la copie d'une des plus belles vierges de
Murillo, la *Vierge au poisson*, qui était au
musée de Madrid ; c'est là que chaque

jour, elle allait passer de longues heures
avec palette et pinceaux.

Le musée de Madrid était alors, comme
il est encore aujourd'hui, l'un des plus
complets et des plus beaux de l'Europe.
— L'invasion française n'y avait pas
fait de trop nombreux emprunts, — c'est
ailleurs, à Séville et dans les couvents
de l'Andalousie principalement, que le
maréchal Soult avait trouvé toutes les
merveilles dont le droit de la guerre
l'avait rendu le possesseur discuté — Madrid avait été plus épargné et en 1828, à
l'époque qui nous occupe, son musée demeurait presque intact.

Si la duchesse y va chaque jour travail-
ler, quelle bonne fortune pour moi, un
peu jeune, un peu écolier de toutes

ces grandes œuvres, de l'avoir pour
guide! — La femme, la femme artiste
surtout, a dans sa nature quelque chose
de cet instinct délicat, quelque chose
de cette finesse qui lui font apprécier plus
facilement le jeu des couleurs, des nuances, des contrastes, — les harmonies de
ces ensembles qui constituent le fond, la
forme et la vérité du tableau.— Elle voit,
mieux que personne, où la toile pèche, où
le pinceau a hésité, elle suit, pour ainsi
dire, le mouvement de la main qui a tenu
le pinceau et devine l'inspiration qui l'a
guidée.

Béatrix, par sa fine nature, était de celles
à qui rien de ces secrets ne pouvait échapper; elle s'offrit, avec sa bonté habituelle,
à faire mon éducation, et je crois qu'elle

y réussit, car avec elle, j'avais déjà vu ce que je n'avais point soupçonné jusqu'alors.

Le musée de Madrid renfermait alors plus de mille tableaux de toutes les écoles, tous signés d'une immortelle signature.

Lorsque l'Espagne, dans ses beaux jours, tenait sous sa domination les Flandres et l'Italie tout entière, les meilleures œuvres qui se produisaient dans ces terres privilégiées étaient gracieusement offertes à ceux qui furent, en leur temps, les maîtres du monde. — Toute l'Espagne en regorgeait, on en trouvait partout, dans toutes les églises, dans tous les couvents de la Péninsule et Philippe II tenait soigneusement cachées, en avare qu'il était, dans le sombre monastère de l'Escorial les plus célèbres de ces toiles.

20.

Depuis et dans un intérêt de conservation et de sûreté, toutes nationales, ces toiles avaient été recueillies par le musée de Madrid, où elles s'étalaient fièrement, dans leur magnifique ensemble, comme autant de perles dans le même écrin.

Toutes les écoles y étaient représentées.

De l'école flamande, deux toiles célèbres, la *Vierge glorieuse* et le *Couronnement d'épines*. — Rubens y compte vingt autres chefs-d'œuvre. — Des Rubens, on en trouve partout, il avait le pinceau facile, fécond, et dans tous les musées de l'Europe éclatent à l'envi ces prodiges de coloris, de fermeté, — ces formes, ces chairs, ces voluptueuses audaces que lui seul a osées.

Voulez-vous des Van Dyck, il y en a

ici à foison — Van Dyck avait dans son
sévère et noble pinceau tout ce qui con-
venait au ton, à la fierté de ses portraits
espagnols.

L'Espagnol, le Castillan, respire une
certaine gravité, d'aspect, de tournure,
d'expression, — il est de vieille race, il
est ceint de sa cuirasse, armé de sa longue
épée, — il est un chevalier.

Van Dyck a rendu avec une admirable
sûreté tous ces grands airs. La plupart de
ses tableaux sont des portraits qui respi-
rent, pensent et vivent comme respiraient,
pensaient et vivaient, en ces temps fameux,
tous ceux qui portaient une épée et savaient
s'en servir.

Cette collection des Van Dyck est à
Madrid une des belles qu'on peut trouver.

Rembrandt y figure également à sa grande place.

Le Titien y a quarante-deux toiles, ce sont les premières du monde. — La couleur, le ton, les grands regards, tous ces mérites, alliés à une fermeté de pinceau inimitable, forment une collection unique — ces Titiens valent à eux seuls le voyage, tous les voyages.

Les Véronèse et les Tintoret y sont également remarqués.

De l'école de Bologne, des Guerchin, des Guide de premier choix, — ils sont tous des hommages à cette puissance espagnole, alors sans rivale par l'épée, comme par les lettres; c'est le moment où déjà l'école espagnole essayait de rivaliser avec les écoles italiennes — Velazquez et Murillo nous diront tout à l'heure quels furent ces essais.

De l'école de Florence et de celle de Parme, la grâce des Léonard de Vinci, des Andrea del Sarto, du Corrège ; grâces souriantes, colorées et presque parfumées par ces sourires de femme qu'un jeune et tendre pinceau avait presque dérobés à ces lèvres charmantes.

De l'école de Rome, de celle de Raphaël, toutes les célèbres vierges, toutes les rivales heureuses de celles possédées par d'autres musées, deux entre autres, la *Vierge au poisson*, et la *Vierge à la perle.*

Raphaël a fait trois vierges divines, toutes les trois dissemblables et toutes les trois harmonieuses dans leur divinité : —

la *Vierge à la chaise*, du palais Pitti — la
Vierge de François Ier, du palais du Louvre
— la *Vierge au poisson*, du musée de Madrid. — La *Vierge au poisson*, par la vigueur du coloris, la largeur du style, la
délicatesse de la forme, la sainteté du
sourire est une rivale redoutable à toutes
les autres, — pour certains, elle les prime
toutes.

Dans cette école de Raphaël à Madrid,
il faut compter encore le célèbre *Spasimo*,
— en espagnol *el estremo dolor*, en français Jésus portant sa croix.

C'est ce tableau qui eut des fortunes si
singulières qu'on les croirait à peine, si
elles n'étaient attestées par les accidents
qui ont marqué sa destinée.

Les pères du couvent du Spasme, en

Sicile, près Palerme, avaient commandé
ce tableau à Raphaël. — Raphaël l'avait
exécuté, on l'avait embarqué à Gènes, là il
était tombé dans le port, on l'avait alors
repêché, et il était arrivé à Palerme en
assez mauvais état.

Les armées françaises s'en étaient em-
parées. — Apporté à Paris, vermoulu, il
était prêt à tomber en poussière, lorsque,
sous le premier Empire, un habile res-
taurateur l'avait transporté sur une toile
nouvelle, et l'avait ainsi rendu à lui-
même. — Il a figuré dans le musée du
Louvre, jusqu'en 1814 — à cette époque,
il fut rendu, comme tant d'autres, à l'Espagne et c'est ainsi qu'il figurait dans le
musée de Madrid, avec toutes les autres
toiles de Raphaël. — Il existe dans ce

musée dix autres tableaux du grand maître.

Telles étaient les écoles étrangères représentées dans le musée de Madrid, mais ce qu'on vient y admirer, y étudier avant tout, c'est l'école espagnole, cette grande école qui est là sur son sol, chez elle, éclairée par son soleil ! — C'est elle aussi que mon charmant cicerone avait hâte de me montrer, avec une préférence toute naturelle, sorte d'amour qui ressemble à quelque chose de la famille.

L'ÉCOLE ESPAGNOLE avait eu, comme toutes les écoles, des origines diverses. Elle avait commencé par s'inspirer des écoles italiennes du bon temps, puis elle s'était fractionnée.

Quatre écoles rivales s'étaient formées : celle de Valence, celle de Tolède, celle de Séville, celle de Madrid; puis un jour, elle s'était faite une, elle s'était faite l'école espagnole.

Deux noms, deux grands noms ont semblé la résumer tout entière :

VELAZQUEZ et MURILLO. — Velazquez, le peintre de la terre, — Murillo le peintre du ciel.

Les Joannès, les Ribera, les Alonzo Cano, les Moya, les Zurbaran, les Collantès, les Goya n'étaient que des étoiles qui rayonnaient autour de ces deux grands astres, cherchant à leur emprunter, non sans talent, quelque chose de leur divine lumière.

21

Velazquez à l'âge de vingt-quatre ans était déjà un maître. — Il était l'ami du roi Philippe IV, il peupla tous ses palais de ses toiles admirables — les hommes, les femmes, les enfants, les fleurs, les fruits, il étudia tout et réussit tout. — La nature sauvage elle-même fut abordée par lui avec une sauvagerie de pinceau qui n'a été rendue par personne.

Ses portraits vivent — Philippe IV, le duc d'Olivarès, le marquis de Pescaire, le corsaire Barberousse sont superbes de fierté et d'audace.

Les *Forges de Vulcain* et le tableau des *Lances* sont une œuvre immense — les Flamands y règnent par leurs figures rouges et empourprées; les Espagnols par leurs figures pâles et graves. — C'est la vie elle-même surprise dans ses moindres expressions.

Velazquez sait aussi passer de la gravité au bon rire des buveurs avec une bonhomie sans pareille — son tableau des *Buveurs* est presque un Teniers. — Moratin disait de lui qu'il avait su peindre jusqu'à l'air, et en effet dans toutes ses toiles *l'air* circule et s'épanouit, sous le chaud rayon d'une nature toujours souriante. — Il est bien le vrai peintre de la terre.

De Velazquez à Murillo, il n'est qu'un pas.

MURILLO, le peintre du ciel, est plus inspiré, plus tendre et c'est là que le goût de Béatrix se trouvait bien mieux sur son terrain, le terrain du sentiment, et de

l'expression de ce sentiment; aussi quel
guide!

Murillo a à Madrid quarante-cinq tableaux — les premiers de ses diverses
manières, car il a eu, comme tous les
peintres, suivant son âge, son sujet, son
inspiration des manières différentes.

Son divin pasteur, le Jésus au mouton,
est connu par sa noblesse et sa pureté
enfantine. — De Murillo, le groupe de
Jésus et de saint Jean est un groupe charmant de jolis enfants.

De Murillo, son martyr de saint André
est encore un petit chef-d'œuvre de douleur et de résignation; — on y devine le
ciel pour récompense.

Ses saints sont traités avec le même
sentiment céleste — saint Bernard, saint

Augustin, saint François d'Assise, saint
Alphonse, sont tous les quatre de grandes
méditations.

Mais ce qui, à Madrid, passe pour le
chef-d'œuvre du grand peintre, c'est son
tableau d'*Élisabeth de Hongrie*.

La jeune et noble reine se cache sous
le voile d'une nonne pour secourir les lé-
preux, — c'était le sujet le plus noble
et le plus tendre qui pût être offert à un
pinceau délicat et inspiré.

Murillo a rendu cette scène avec son
cœur.— L'ordonnance de la scène, l'amour
de Dieu, l'amour du prochain, la pitié, les
armes, tout s'y trouve, — c'est le grand
chef-d'œuvre de Murillo — à Madrid
seulement il est permis de l'admirer.

Murillo avait quarante-huit ans quand

il le peignit. — Sous le règne de Napoléon,
ce tableau fut un de ceux qui avaient été
transportés au Louvre ; il fut rendu en 1814
au musée qui le revendiqua, à juste titre.

Quant aux visions, aux extases de
Murillo, elles sont toutes des merveilles ;
c'est là qu'il se montre vraiment digne du
grand surnom sous lequel on l'a désigné,
le peintre du ciel ; qu'il avait vraiment
deviné.

Ce sont aussi ces tendres toiles du
grand peintre que Béatrix savait le mieux.

Pénétrée de cette saveur pudique et
souveraine de toutes ces vierges, Béatrix
les expliquait comme elle les sentait et de
ces entretiens si intéressants et si chers
encore à ma vieille mémoire, je me sens
encore ému, en les racontant. Elle me fit

ainsi passer quelques-uns des plus chers
et des plus charmants instants de ma vie;
— aujourd'hui, par un souvenir qui date
de cinquante ans, je crois y être encore !

XXVII

Des jours et des mois s'étaient ainsi
passés dans ce calme relatif, et dans l'oubli des fautes de ce mari, auquel on
n'avait cessé de pardonner toujours parce
qu'on l'aimait toujours; lorsque des événements nouveaux et imprévus étaient
venus rouvrir les plaies anciennes et pré-

cipiter la fin du drame terrible dont j'ai à retracer les dernières phases.

Pour cela dire, il faut tout le courage de celui qui déjà sent sa pauvre plume frémir entre ses doigts épouvantés et son cœur brisé par une douleur qui n'a pas eu de fin, puisqu'elle dure encore, en dépit d'un demi-siècle écoulé.

Après l'échafaud de sa maîtresse qui avait tué son enfant, — après l'inique querelle cherchée au jeune Enriquè l'amant supposé de la duchesse et sa mort payée par le duc; ce dernier, toujours plus honteux de lui-même, toujours plus irrité contre lui-même, toujours cherchant un prétexte qu'il ne trouvait pas pour accomplir le reste de sa vengeance; — le duc, disons-nous, s'était livré à d'autres débauches.

La vie folle avec les femmes et les jolies filles, il l'avait oubliée — l'aventure et l'échafaud de Rosita lui avaient été une cruelle leçon; cette fois c'était à une autre passion qu'il s'était adressé — au jeu.

En ces temps déjà reculés, Madrid n'offrait pas, comme aujourd'hui, cette multitude de maisons, de salons, de cercles, de clubs, dans lesquels on joue et on perd sa fortune.

Les mœurs étaient plus sages, plus régulières, et s'il y avait quelques salons où la partie de *montè* était assez forte, cette proportion de perte ou de gain était bien loin de ressembler au désordre de nos jours. — Nous précisons.

Aujourd'hui, il se joue dans certains cercles de Madrid des parties qui se chiffrent par des sommes de 120 à 150,000 francs, en une seule séance de nuit; — c'est une partie normale, de laquelle nul ne s'étonne et à laquelle tous contribuent — en 1828, l'argent était plus rare, il avait plus de valeur et les pertes comme les gains représentaient moins.

Mais alors aussi, à défaut de cercles et de clubs, on trouvait à Madrid certains cafés, connus du monde des joueurs, dans lesquels figurait déjà une partie de la noblesse, — dans lesquels on jouait.

La composition de ces sortes de tripots était douteuse, interlope, dangereuse. — On y voyait mêlé tout ce qui vit du jeu, du gain, du pari, du hasard; — gens sans aveu, besogneux, ne reculant devant rien

ou presque rien pour réaliser un bénéfice,
— en un mot, un monde à tout faire.

Le duc, depuis ses mésaventures et la
sorte de déconsidération dans laquelle il
était tombé, depuis surtout la mort inique
du pauvre Enriquè, qu'on savait être son
œuvre tout à fait personnelle, le duc était
là, pour ainsi dire, au milieu des siens.

Il y était même entouré d'un certain
respect — on le savait riche, prompt à la
carte, beau joueur, résigné dans la perte;
c'était l'homme qu'il fallait à ces affamés,
qui chaque nuit vivaient de son or, si
gaiement et si follement perdu.

Le duc donc, affilié désormais à cette
bande de coquins et d'escrocs, y risquait
chaque soir de grosses sommes.

Nous avons dit qu'alors les grosses

sommes n'avaient nul rapport avec les sommes d'aujourd'hui. — Nous précisons encore.

Une grosse somme d'alors ne dépassait pas 10 à 15,000 francs — quand un joueur avait perdu cette somme en une nuit, on en parlait.

C'étaient, en effet, ces sommes continuellement répétées que le duc jouait et perdait soir et matin.

Sans cesse, il était hors de chez lui, — sans cesse il avait un prétexte pour s'absenter, et la pauvre duchesse, qui ne savait guère encore où il pouvait aller ainsi, s'en inquiétait, sans cependant jamais s'en plaindre.

Mais quand on joue et quand on perd, il arrive un jour où il faut payer — dans ces tripots, on ne jouait pas toujours argent sur table, on jouait aussi sur parole, quelqu'un tenait la liste de la perte et du gain, et à la fin on comptait.

C'est ainsi que de perte en perte, le duc, un beau jour, s'était trouvé débiteur d'une somme de plus de 400,000 francs.

Pour la payer, il commença par engager une partie des propriétés de sa femme, de ses pâturages de *Vista-Hermosa*, près de Séville — ces propriétés étaient d'un excellent rapport, et l'affaire fut des plus faciles à conclure. — Sa signature apposée à la vente, le jeu ne continua que de plus belle, il fallait essayer de se rattraper ; — ce fut la première étape de ce désastre.

Le jeu continue donc, la duchesse ne

sait rien, et les absences du duc s'accen-
tuent davantage.

Cette fois, c'est le hasard qui va donner à la duchesse un premier avis.

XXVIII

La duchesse possédait un très beau
Velazquez, royalement installé dans son
salon. — C'était un chevalier bardé de
fer, au large chapeau orné d'une grande
plume rouge, fier, brun, la moustache en
croc, une merveille de fierté, presque un
défi. — Le duc, dans un de ses moments

d'embarras, avait abandonné ce tableau
pour une somme considérable, 30,000 fr.,
et il valait au moins le double — de nos
jours, il eût dépassé 200,000 francs.

Le Velazquez ainsi vendu disparut donc
un jour du salon, sans que la duchesse
en eût été prévenue. — Elle tenait à cette
grande toile, comme on tient à un trésor
qu'on possède seul; elle demanda ce
qu'était devenu son cher tableau, ce à
quoi le duc avait répondu qu'il l'avait
donné à revernir.

Hélas! il ne reparut jamais.

La duchesse, dès ce jour, commença
à soupçonner quelque chose, mais, dans
sa timidité habituelle et son inaltérable
douceur qui lui faisait tout accepter pour
tout oublier, elle ne dit un mot et ne put

que verser de pauvres larmes inutiles sur son cher Velazquez.

On a compris d'avance que lorsqu'un joueur a commencé à se lancer, les yeux fermés, dans cet abîme, il faut qu'il y engloutisse tôt ou tard tout ce qu'il possède. — C'est ce qui arriva au duc.

On a déjà vu ce qu'il a perdu, — ce qui reste des propriétés de sa femme en Andalousie va faire le reste.

Ce reste pouvait être évalué à une somme de 600,000 francs. — Plus d'un million avait donc déjà été perdu.

Cette somme tout entière, morcelée, disputée, perdue, regagnée, reperdue, avait totalement disparu en moins d'une année — en moins d'une année, ces tripots avaient tout absorbé. — Des propriétés d'Anda-

lousie, de cette vieille et grande fortune
de famille, apportée par la duchesse à
son indigne époux, le palais seul de Madrid restait.

Quant à la duchesse, tenue soigneusement à l'écart de toutes ces débauches,
elle ignorait tout; — les signatures de
son mari avaient suffi, et sauf la dispari-
tion de son cher tableau qui ne revenait
jamais, elle se maintenait presque confiante
encore dans celui qu'elle soupçonnait
peut-être, mais qu'elle n'avait cessé cependant de défendre et d'excuser toujours,
comme on défend et on excuse celui qu'on
aime, quelles que soient ses fautes, déjà
presque oubliées.

Mais bientôt, toutefois, la lumière devait se faire. — Les dettes n'étaient point

entièrement payées, on devenait pressant,
le palais de Madrid restait intact, les
créanciers s'y abattirent.

Le palais de Madrid, situé sur le Prado,
avait encore, même en ce temps, une valeur très considérable, — il était neuf, fort
bien construit, les ors, les peintures et
les marbres y abondaient; son mobilier
était somptueux, l'argenterie était considérable, tout cela valait encore un grand
prix.

Or, un jour, le duc fut averti que les
huissiers étaient arrivés et commençaient
à procéder. — Ils faisaient l'inventaire de
l'écurie.

Le duc s'y rendit aussitôt, et (voyez le
hasard, l'affreux hasard), c'est là qu'il
trouva, sans le chercher, le prétexte, l'af-

freux prétexte qu'il cherchait depuis si longtemps pour accomplir son infâme projet.

On se rappelle qu'après la mort tragique du pauvre Enriquè, le duc avait entouré sa femme d'une foule d'espions, qui, tous pris dans sa domesticité, et payés par son or, devaient lui rendre compte des moindres visites faites à la duchesse et surtout lui remettre les lettres qui lui seraient adressées — et on se rappelle aussi que cette surveillance n'avait rien amené, on n'avait rien découvert.

Aujourd'hui, c'est encore le hasard qui va faire cette découverte.

XXIX

La duchesse avait, nous l'avons dit, un merveilleux attelage de ses haras d'Andalousie, ses chevaux et sa voiture étaient les premiers de Madrid, on les connaissait et on s'arrêtait pour les voir passer.

Cette voiture et ces chevaux étaient saisis.

Or, pendant que les huissiers faisaient

l'inventaire de la voiture de la duchesse, l'un d'eux y trouvait, dans une petite poche de satin, tout l'arsenal de toilette d'une jolie femme : flacon, éventail, gants, glace, un bouquet et puis *une lettre*. — Tout cela était remis au duc. — Le duc prit d'abord la lettre, la lut, devint horriblement pâle et rentra chez lui aussitôt.

Cette lettre était du capitaine Enriquè. C'était une réponse. — Déjà bien ancienne, elle avait été oubliée par la duchesse dans sa voiture ; elle disait :

« Chère amie, je ne puis ce soir vous accompagner au théâtre, le ministre me retient. — Le jeune garde du corps pourra, cette fois, me remplacer. — J'envie son bonheur. »

« *Signé :* ENRIQUÈ S... »

En possession de cet innocent billet, le duc sentit alors renaître toutes ses colères d'autrefois, — cette fois presque légitimées par une ignoble jalousie.

La jalousie est un affreux mal — le jaloux ne voit que ce qu'il se figure, n'entend rien que ce qu'il croit entendre, soupçonne tout, croit tout, l'absurde surtout. — Puis lorsqu'il est ou qu'il croit être bien convaincu, il se lance comme un fou sur celui ou celle dont il croit être trompé.

Ce billet n'était qu'un simple regret, le duc y vit un rendez-vous. « Cette fois, disait-il, c'était bien Enriquè qui avait été l'amant de sa femme, c'était bien sa femme qui avait été la maîtresse de ce petit officier. » — Il partit de là, et croyant ou ne croyant point à cette liaison

23

coupable, il arrivait immédiatement chez sa femme, la figure pâle, bouleversée, la menace à la bouche et le billet à la main.

La duchesse, qui ne savait rien, fut d'abord tout émue de voir son mari dans un tel état — que se passait-il?

Le duc lui montra le billet, lui lut ce billet, que signifiait ce billet? — pourquoi ce rendez-vous au théâtre? — pourquoi cet Enriquè toujours chez elle? — et toujours mêlé à sa vie? — pourquoi cette intimité? — pourquoi son émotion, lorsque lui, le duc, lui avait annoncé sa mort? — pourquoi enfin tous ces indices, tous ces signes, tous ces accidents, toutes ces visites; sinon celles d'un amant, oui, d'un amant à sa maîtresse? — Inutile désormais de nier — ce billet disait tout, il y avait

correspondance, il y avait lettres, il y avait
rendez-vous ! — « Expliquez-vous, inter-
jetait-il, l'écume à la bouche, avouez,
avouez, et peut-être alors voudrai-je bien
pardonner ! — Parlez ! parlez donc ! il en
est temps encore ! — car tout à l'heure,
répétait-il, oui, tout à l'heure il ne sera
plus temps ! » Et la prenant par le poignet
et la serrant comme dans un étau : « Parlez donc » ! répéta-t-il.

A ces mots, à cet indigne soupçon, la
duchesse, au lieu de verser des larmes
(elle n'en avait point pour de semblables
choses), la duchesse, attaquée dans son
essence la plus sainte et la plus intime,
avait senti l'honneur de son propre nom,
du nom qu'elle avait seule donné à son
mari, comme atteint ; et alors, de l'air le

plus fier et cependant encore le plus
tendre aussi, elle lui avait répondu par
une de ces paroles qui ne se traduisent
point.

« Elle avait épousé son mari par amour,
elle avait conservé intacte la foi qu'elle
avait jurée au pied de l'autel, — son nom
comme son honneur étaient saufs, elle
n'avait donc rien à ajouter et elle était
assurée que bientôt les yeux de son mari
s'ouvriraient à la vérité, — elle en avait
pour gage l'amour qu'elle lui conservait
toujours, et ne voulait déjà se rien rappeler de ce qu'on lui demandait! »

Le duc, un moment frappé de cette dignité, ne sentit rien à répondre, et em-
portant avec lui ce malheureux billet, il
rentra chez lui.— Durant quelques jours,

il fut aperçu partout inquiet, tourmenté,
indécis.

Que faisait-il? — Il décidait la mort,
l'assassinat de sa malheureuse femme;
c'était le dernier forfait à accomplir!

XXX

Comment devait-il accomplir cet infâme forfait? Il y avait là pour un criminel de graves précautions à prendre, s'il voulait ne point laisser de traces de son crime.

Les moyens violents étaient dangereux — le poignard laisse du sang et dénonce — le pistolet fait du bruit et dénonce —

la strangulation laisse des traces au col et dénonce — le poison, bien administré, ne laisse pas de traces.

C'est le poison qu'il choisit.

Le poison, administré à petites doses, amène sûrement la mort, peu à peu, jour à jour, sans laisser de grandes traces. — La faiblesse successive du malade lui laisse à peine la force de se plaindre, la médecine est presque impuissante à découvrir chez une malade vivante encore, vivante à peine, les causes de cette mort qui vient pas à pas et qui vient sans remède.

Le poison, dans l'infâme cervelle du duc, était donc le moyen à la fois le plus sûr et le moins dangereux.

Toutes les mesures dictées par sa propre sûreté furent donc prises dès ce jour, —

tous les gens reçurent un mot d'ordre,
étrange peut-être, mais absolu auquel ils
devaient obéir— la duchesse était malade,
personne ne devait entrer dans la maison
— des visites aucune — le médecin jamais, à moins que le duc ne fût présent à
la consultation.

Il faut ajouter qu'un événement tout
naturel était venu comme aider à la solitude absolue imposée par le duc à sa
femme. — Le père de la duchesse, le
général, était mort de ses blessures quelques jours avant la grande résolution.
La pauvre duchesse, en deuil, restait donc
seule sur la terre, vouée inexorablement à
la stupide et irrévocable vengeance du
monstre qu'elle ne soupçonnait même
pas.

La victime est donc là, seule, sans défense, sous les verrous d'une sorte de
prison, dans laquelle le duc pénètre seul,
agit seul, décide seul, accomplit seul et
sans témoin son horrible forfait.

XXXI

Le poison qui doit être servi le sera
jour par jour.

On sait qu'en Espagne le premier re-
pas, celui du matin, est toujours le chocolat. — Tout le monde, petit ou grand,
riche ou pauvre, prend son chocolat le
matin.

C'est donc le duc qui chaque matin, à

la même heure, entre chez sa femme, —
il tient à la main la tasse dans laquelle il
a mis quelques gouttes du poison miné-
ral acheté par lui chez le pharmacien
qui viendra trop tard en témoigner,
la digitale.

Le poison à petites doses est peu actif
d'abord, la duchesse s'en aperçoit à peine.
— La seconde fois, elle ressent un léger
trouble intérieur, mais elle s'y fait presque sans plainte, — elle était si habituée
à souffrir.

Pendant deux mois consécutifs, les doses
sont toujours croissantes, une sorte de
faiblesse douloureuse s'empare alors de
la malade. — Son état s'aggrave.

Nonobstant ce symptôme, le duc continue son œuvre, rien ne l'arrête, ni les

traits affaiblis de ce doux visage, ni ce regard presque suppliant qui semble lui demander grâce; grâce de quoi? Rien ne
l'émeut!

Lorsqu'un scélérat a médité son crime,
lorsqu'il a traîtreusement commencé son
crime, quelquefois il hésite, et comme
touché d'un repentir, il s'arrête.

Serait-il donc vrai qu'il en est qui jamais ne connaissent ce bon mouvement
d'un cœur, même le plus flétri? — Serait-
il donc vrai que, chez ces monstres, lorsque l'appétit du crime, la vision du crime,
l'odeur du crime ont parlé; il n'est rien,
ni compassion, ni repentir, ni crainte qui
puisse les arrêter? Hélas! le duc était là
pour répondre que chez ces monstres,
dont il était un, et lequel! la mort seule

24

victime peut assouvir ces infâmes appé-
tits !

C'est ce qu'il va prouver sans hésitation,
sans remords, sans pitié, il va aller droit
jusqu'au bout !

XXXII

Le quarantième jour arrivé, le duc
augmente la dose; le cinquantième il
la double; le soixantième, il la triple et
la quadruple, c'est la fin.

La duchesse alors, ignorant la cause de
son affreux mal, ne le soupçonnant même
pas, ne sachant à quoi attribuer ni cette
perte étrange et successive de ses forces,

ni ces douleurs étranges qui semblaient lui brûler ce qui lui restait de vie, commença, sans s'inquiéter, à sentir aussi que sa fin arrivait.

C'était vers les premiers jours d'octobre, alors que l'été s'envolait et que l'automne commençait; — l'automne, cette saison où la nature change de teinte comme d'expression, et comme de visage — cette saison délicieuse, la dernière avant l'hiver, qui apporte avec elle le charme du souvenir et la mélancolie de l'adieu.

Ce sont ces deux mélancoliques sentiments que la pauvre duchesse sentait en son cœur, au moment où la vie arrivait pour elle à sa dernière saison.

En elle, elle repassait par le souvenir toute cette vie, si bonne, si pure, si

douce, si sainte et si près de finir — quelque chose le lui disait, — les malades
devinent ces choses-là.

Ces derniers moments étaient pour le
duc un grand danger à conjurer — il
avait tout à combiner, à prévoir, à éviter.
— D'autres personnes que lui allaient entrer dans la maison, — le médecin d'abord
qui y était venu si peu et qui pouvait
douter et parler, — puis les amis qui
pouvaient forcer la porte de la mourante,
— puis le confesseur enfin que ne man-
querait pas d'appeler la sainte femme.

Le duc assista à toutes ces visites; il
écouta et entendit tout et sous le naturel
prétexte de ne point fatiguer la malade,
il exigea que ces visites fussent les plus
courtes possible.

24.

XXXIII

Toutefois, une nuit les symptômes de-
vinrent tels qu'il n'y avait plus à douter,
la mort était proche.

Alors la duchesse demanda son confesseur.

Qu'avait-elle à lui confier ? hélas !
quelques légères fautes de ce monde ter-
restre, mais rien, jamais rien qui eût touché
à l'honneur de son nom, à sa fidélité

d'épouse, à l'honnêteté, à la sainteté de
son cœur — rien qui ne pût être répété à
haute voix !

Le prêtre alors lui donna les dernières
consolations, puis lorsqu'il sortit, la malade alors, sur son séant, voulut revoir
tous ses serviteurs, tous ses amis, ils
accoururent et s'agenouillèrent au pied du
lit de la mourante.

Le duc était présent, froid, impassible,
criminel.

La duchesse alors, les cheveux dénoués,
le visage encore éclairé d'une certaine
lumière, voulut faire devant ceux qu'elle
avait connus toute sa vie, comme le re-
nouvellement de la confession qu'elle achevait de faire à son prêtre et, d'une voix
ferme et douce à la fois, elle jura, sur ce

qu'il y a de plus sacré, *sur le Christ*, que :
« — fidèle épouse, elle n'avait jamais
cessé de respecter dans son cher mari,
son honneur et ses devoirs. »

Ces paroles dites, elle fit ses adieux à
tous, chercha des yeux celui qui venait de
l'assassiner, le trouva, lui sourit encore
et lui pardonna tout, même ce qu'elle
ne savait pas ; puis elle expira ! sur son
lit, transformée par la mort même, Béatrix,
les yeux fermés, le sourire sur les lèvres,
calme, pure, angélique ; — Béatrix, comme
toutes les natures d'élite, n'avait fait que
changer de beauté !

La légende dit que l'on vit son âme
s'envoler vers le ciel, comme une blanche
colombe s'élève dans l'infini, tout près de
Dieu !

XXXIV

A cette vue, à ces accents, à ce sourire, le duc sentit, tout à coup, comme le repentir de sa vie tout entière, sentit en lui comme un de ces repentirs qui pénètrent les plus criminels.

Toute sa pauvre vie lui revint alors comme en un miroir.

Il revit sa vilaine jeunesse, ses débau-

ches à Séville, ses duels, tous ceux qu'il
avait insultés et tués — il revit son mariage, l'ange qu'il avait épousé, — il revit
Rosita étranglant sa propre fille, Rosita
sur son échafaud, — il revit Enriquè traîtreusement tué en duel par lui, — il revit
sa fortune dilapidée, — il revit ce poison qu'il avait pu froidement, goutte à
goutte, administrer à sa pauvre femme!

Puis aussi, en un instant, il crut voir
la justice prévenue arriver chez lui pour
constater cette mort, — la justice soupçonnant le crime, ordonner l'autopsie du
cadavre, — la justice découvrir l'em-
poisonnement, — puis, il se vit arrêté,
découvert, jugé, condamné à mort, — il
se vit, lui, le duc de Puerto-Real, traîné
sur cette même place de la *Cebada,* aux

huées de tout le peuple de Madrid, aux huées de tous ceux et celles avec qui il avait partagé ses débauches — là, il se vit saisi par le bourreau! attaché sur le fatal tabouret — puis, ô horreur! il sentit le froid collier de fer, celui-là même qui avait étranglé Rosita, sa maîtresse, lui broyer le col!!!

Alors, affolé, éperdu, tremblant de peur et de honte, il gagna vivement son appartement, — quelques minutes après, on entendait un coup de pistolet, — le duc s'était tué.

XXXV

Lorsqu'il y a mort violente, la justice est toujours appelée. — Elle arriva en effet, et en présence de ces deux cadavres, elle commença une enquête.

Cette enquête fut bientôt faite. — Sur sa table, le duc avait laissé une lettre, on l'ouvrit et on lut ce qui suit :

« Ne cherchez point. — C'est moi seul qui suis le coupable. J'ai seul empoisonné ma femme, injustement soupçonnée. — Seul aussi je me suis ôté la vie. Que Dieu me pardonne, s'il pardonne aux assassins.

« *Signé :* Josè,

« Duc de Puerto-Real. »

Dès lors tout était expliqué et la justice s'était retirée.

XXXVI

Tel fut ce grand crime qui épouvanta
toute la génération d'alors. Madrid en fut
longtemps consterné et nul n'osa même
passer devant la maison maudite. Le
peuple la marqua d'une croix rouge, et
se signa toutes les fois qu'il passait devant ce théâtre de tant de crimes. — Cette

légende n'est pas tout à fait éteinte, encore aujourd'hui.

On aura compris maintenant pourquoi les noms véritables que bien peu doivent connaître aujourd'hui ont été remplacés par des noms fictifs. — La honte d'un crime, de crimes si atroces, suit les générations, et les marque d'une tache ineffaçable. C'était un déshonneur à leur éviter.

Après ce terrible événement qui atteignait le grand monde de Madrid dans ses représentants les plus directs et les plus nobles, le garde du corps qui en savait toutes les phases quittait la maison du roi, et entrait dans l'armée.

Nommé au grade de capitaine dans un régiment de chasseurs à cheval (Estremadure), il partait pour Séville où ce régiment tenait garnison.

Arrivé à Séville, croyant perdre le souvenir de tant de douleurs (voyez le hasard encore), il se retrouvait tout entier et par tous les côtés, en présence de ces mêmes figures, dont la ville entière racontait toute la vie.

En effet, don José, le duc, l'assassin était de Séville — la belle cigarère, Rosita, était de Séville, — le jeune officier Enriquè Sandoval était des environs de Séville — enfin, doña Béatrix, la malheureuse duchesse, était de Séville, où elle avait de père en fils tous ses biens.

L'assassin et ses trois victimes semblaient donc vivre plus encore, au moins par le souvenir, dans cette ville qui était la leur. — Tout le monde en parlait, on y racontait sans cesse mille traits ignorés, qui venaient aviver ce malheureux drame et en accuser encore les tristes phases.

Après plus de cinquante ans, je ne puis rien oublier. — La figure de la plus douce, de la plus tendre, de la plus sainte des femmes m'apparaît sans cesse, — mes yeux ne s'en peuvent détacher. — Je la vois, je lui parle, je la pleure, comme si tout cela était d'hier : — Et puis aussi, je ne puis, sans horreur, me rappeler Celui qui a montré au monde épouvanté « jusqu'où peut aller la scélératesse. »

Usquè datum sceleri !

FIN

OUVRAGES

DE M. LE BARON DE NERVO

<table>
<tr><td>Voyage en Sicile . . . .</td><td>2 vol. in-8.</td></tr>
<tr><td>Les finances de la France et de l'Angle-
terre, comparées . . . .</td><td>1 vol in-8.</td></tr>
<tr><td>Les finances de la France, 1852-1859 . . .</td><td>1 vol. in-18.</td></tr>
<tr><td>Histoire générale des finances françaises
sous l'ancienne monarchie, la Répu-
blique, le Consulat, l'Empire et la Res-
tauration (1180 à 1830) . . . .</td><td>6 vol. in-8.</td></tr>
<tr><td>Le comte Corvetto, ministre des finances
sous le roi Louis XVIII, sa vie . . . . .</td><td>1 vol. in-8.</td></tr>
<tr><td>L'Espagne, ses finances, son administra-
tion, son armée, 1857 . . . .</td><td>1 vol. in-8.</td></tr>
<tr><td>Histoire générale d'Espagne jusqu'à Fer-
dinand et Isabelle . . . .</td><td>4 vol. in-8.</td></tr>
<tr><td>Isabelle la Catholique, sa vie, son temps,
son règne, 1451-1504 . . . .</td><td>1 vol. in-8.</td></tr>
<tr><td>Gustave III, roi de Suède, et Anckars-
troëm . . . .</td><td>1 vol. in-8.</td></tr>
<tr><td>Souvenirs de ma vie, 1810-1870 . . . . .</td><td>1 vol. in-18.</td></tr>
<tr><td>Dictons et proverbes espagnols . . . . .</td><td>1 vol. in-18.</td></tr>
<tr><td>Les Trois ages de la vie . . . .</td><td>1 vol. in-18.</td></tr>
<tr><td>Monsieur de Simors (Calchas II) . . . . .</td><td>1 vol. in-18.</td></tr>
<tr><td>Lucia ou la statue du Mont-Cassin . . .</td><td>1 vol. in-18.</td></tr>
<tr><td>Les Mémoires de mon coupé . . . . . .</td><td>1 vol. in-18.</td></tr>
<tr><td>Les Trois danseurs de Valentine . . . . .</td><td>1 vol. in-18.</td></tr>
<tr><td>Les Confidences d'une hirondelle . . . .</td><td>1 vol. in 18.</td></tr>
</table>

Paris. — Typ. A. Quantin.

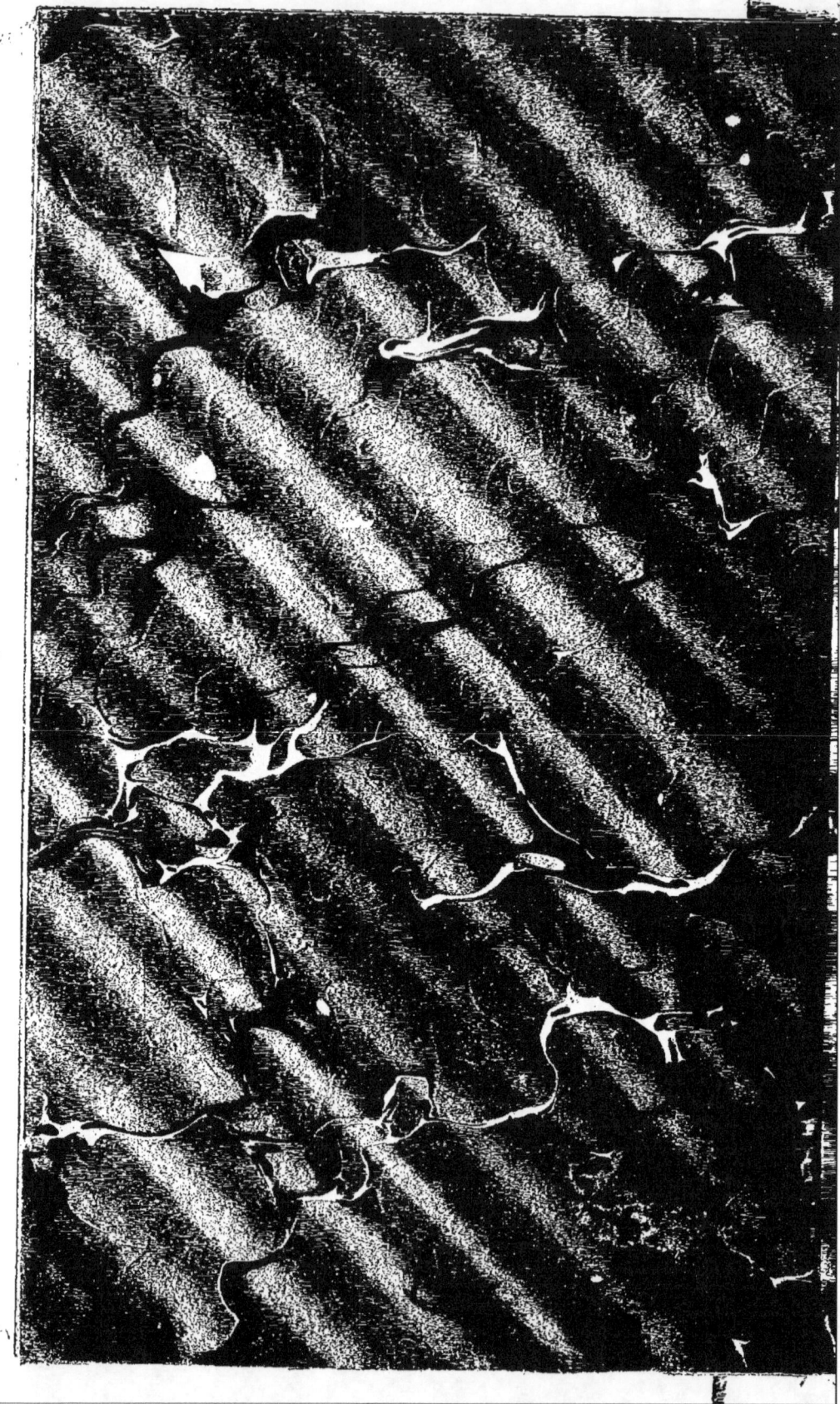

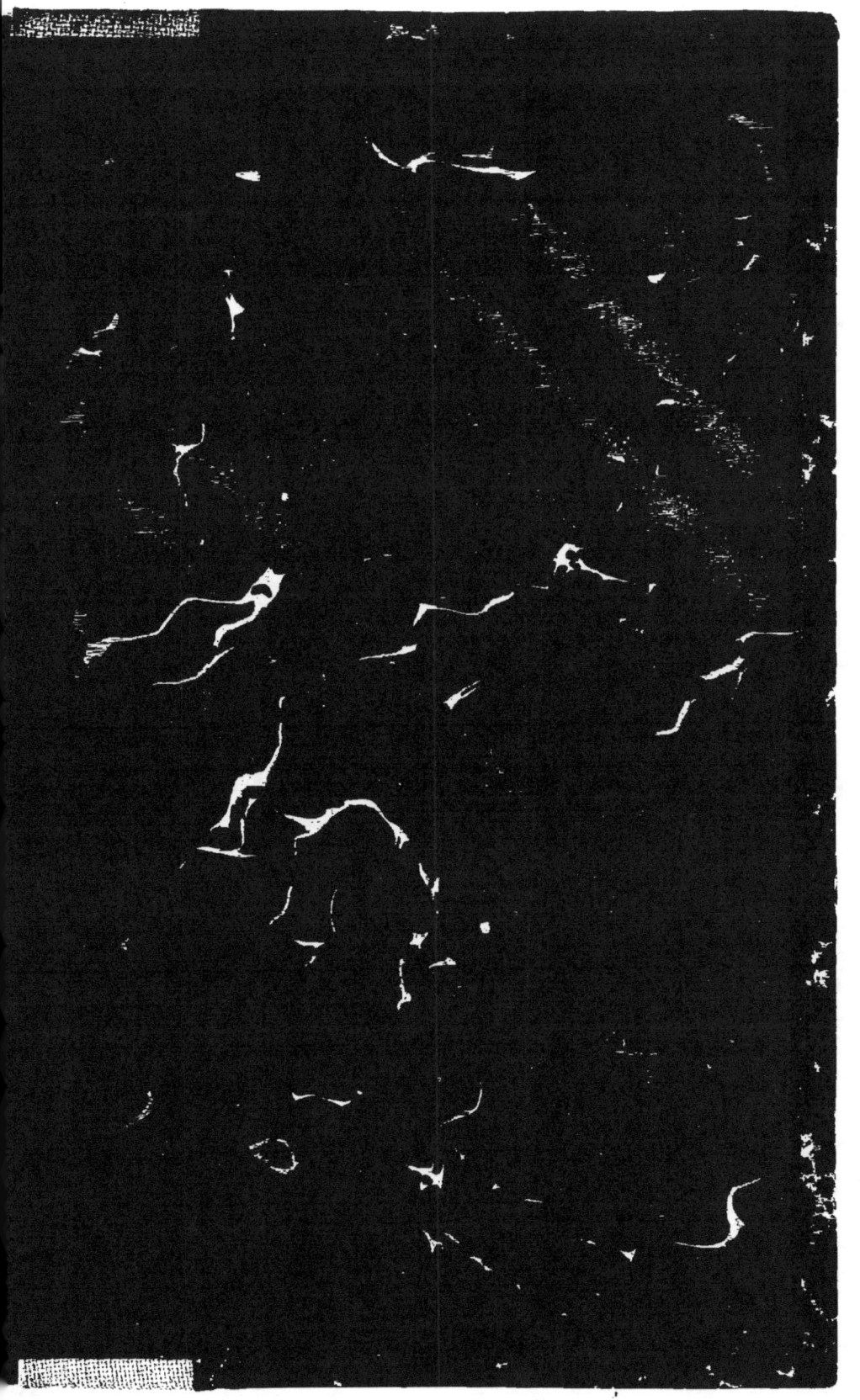

www.ingramcontent.com/pod-product-compliance
Lightning Source LLC
Chambersburg PA
CBHW071845020726
47502CB00003B/614